Schnee von Gestern

Dieses Buch widme ich meinen Freunden

Monika Eichler

Schnee von Gestern

Bibliografische Information der Deutschen Nationalbibliothek
Die Deutsche Nationalbibliothek verzeichnet diese Publikation in der Deutschen Nationalbibliografie; detaillierte bibliografische Daten sind im Internet über http://dnb.d-nb.de abrufbar.

Satz, Umschlaggestaltung, Herstellung und Verlag: BoD – Books on Demand
ISBN 978-3-8482-5598-6

Inhalt

Alles ist bitter   9

Arbeiter Nr. 17   12

Beim Frauenarzt   14

Das besondere Geschenk   16

Das Flaschendrehen   18

Das Hosenmodel   20

Das tägliche Malheur   22

Das schlechte Gewissen   24

Das Umstandskleid   27

Das ungleiche Paar   29

Das wichtige Protokoll   31

Der Apfelkorn   33

Der Bauch ist weg   35

Der Chaosurlaub   37

2. Episode   41

3. Episode   43

4. Episode   45

5. Episode   47

6. Episode   49

Der Fleischtransport   52

Der Himmelfahrtstag – der Vatertag   54

Der Keglerausflug an den Rhein   56

Der kleine Retter   58

Der Mauerbau   60

Der Schwarzwaldurlaub   62

Der Unfall im Zoo   65

Die Aufregung im Phantasialand   67

Die dicke Frau   70

Die brennenden Fußsohlen   72

Die eigene Wohnung   73

Fahrt in die alte Heimat   75

Die Hebamme   80

Die Hühnerfarm   82

Die Katze hatte probiert   85

Die Lebensmittelvergiftung   87

Die Ohnmacht in der Kirche   89

Die Pille, aber kein Wort   92

Die Rabenmutter   94

Die Rente – so ein Quatsch   96

Die unvergleichliche Birnenfrucht   99

Die Unzertrennlichen   101

Die Vorbereitungen   104

Doggenrennen in Vockenrod   106

Ein Christbaum im Juni   108

Ein Führerschein muss sein   110

Ein Haus und die Eigenleistungen   113

Ein katholischer Mann   115

Ein Kind   118

Ein nagelneues Fahrrad   120

Fahrerflucht   121

Für immer Hausfrau und Mutter   125

Hopfgartner Schnitzel   127

Horsts größter Fisch   129

Unser neues Haus   131

Horsts Kinderzeit   135

Im Krankenhaus   137

Karneval im Deutschen Haus   139

Man geht nicht ohne Hut   142

Mein alter Lehrer   144

Mit dem Kind nach Hause   146

Mutterpflichten   148

Moni, die Hausfrau   150

Oktoberfest in München   153

Ottos Bar   155

Schreck in der Nacht   157

Wenn du tot bist …   160

Wir möchten auch einen Hund!   161

Wolfgangs Bar   165

Zum ersten Mal vor der Klasse   167

Alles ist bitter

Einmal war ein Fest im Deutschen Haus. Es war ein Keglerball. Horst hatte in der vergangenen Saison gut abgeschnitten. Die »Sonntagskegler« wurden geehrt und ich war sehr stolz, denn Horst hatte das beste Ergebnis »geschoben«. Die Sonntagskegler hatten einheitliche Hemden aus Nyltest an, das war damals der Hit, denn diese Hemden brauchten laut Etikett nicht gebügelt zu werden.

Prost auf deinen guten Platz, lieber Horst. Prost auf die alten Zeiten. Ein Prost auf die Meisterschaft. Prost auf die neue Saison. Prost auf die Frauen usw.

Im Anschluss an die Sportlerehrung war Tanz und Horst wirbelte mich ordentlich auf der Tanzfläche herum. Er freute sich über das gute Abschneiden der Sonntagskegler und ich freute mich, dass ich so einen erfolgreichen Sportler geheiratet hatte.

Der Abend nahm seinen Verlauf. Ich tanzte mit allen Kegelbrüdern und sah Horst im Vorbeitanzen an der Theke stehen oder auch tanzen. Der Abend verging und dann hatte ich irgendwann Horst schon lange nicht gesehen. Es wird jetzt Zeit, dass wir heimgehen, dachte ich. Es hatte draußen frisch geschneit. Wo war mein Horst? Niemand hatte ihn gesehen. War er schon nach Hause gegangen? Nein, das macht er nicht. Ja, aber er ist nicht mehr da. Er muss doch ohne mich gegangen sein.

Ich lief nach Hause in meinen Stöckelschuhen im Schnee, aber oh Schreck, er war nicht zu Hause. Seine Eltern kamen ganz verschlafen ans Fenster. »Wie spät ist es denn? Wo ist der Horstl?«

Wahrscheinlich sucht er mich, dachte ich. Nichts wie zurück ins Deutsche Haus.

Nur noch sehr wenige Kegler saßen herum. Die Musikkapelle hatte aufgehört zu spielen und ich ging von einem zum anderen und fragte nach Horst. Wenn er irgendwo liegt, dann erfriert er. Sicher hat er zu viel getrunken, und er verträgt ja nicht viel. Alle möglichen Gedanken gingen mir durch den Kopf.

Dann traute ich mich halb in die Herrentoilette, denn ich hatte von einem Kegelbruder erfahren, dass er Horst in der Toilette getroffen habe, aber das sei schon lange her. Ich rief verzweifelt: »Horst, Horstl!« – »Ach, lass doch den Horst. Geh doch mit mir«, sagte ein Bekannter, der die ganze Sache nicht ernst nahm.

Was soll ich machen? Er wird doch nicht hoch zu den Bahngleisen gelaufen sein? Mir wurde heiß und kalt. Wie konnte ich mich auch so lange nicht um ihn kümmern? Ich war hin und her gerissen. Wo sollte ich suchen?

Dann kam er, d. h., er schwankte auf mich zu. Das Gehen klappte nicht so gut. Er hing in den Seilen und hielt sich an der Wand fest. Er sagte: »Alles ist bitter.« Ja, da hatte er wohl recht. Wie sollte ich ihn jetzt bis nach Hause bringen? Das würde richtig bitter werden.

Einer seiner Kegelbrüder ließ sich breitschlagen zu helfen, Horst nach Hause zu schaffen. Er war noch wesentlich besser auf den Beinen. Wir schnappten uns den Mann. Er legte einen Arm von Horst über seine Schulter und schimpfte gehörig mit ihm. Dann gingen wir los – aber leider nur bis in Höhe der Sparkasse. Dort lehnte er Horst an die Mauer und verschwand. Anscheinend hatte er keine Lust auf den weiten Weg bis in die Eduard-Becker-Straße.

»Es ist alles so bitter«, sagte Horst wieder und ich nickte einvernehm-lich. Aber – wer kam denn da auf uns zu? Der Schwiegervater, der starke Vater. Er schnappte sich den Sohn und alles war nur noch halb so bitter.

Arbeiter Nr. 17

Als Hausfrau hatte ich mit Büroarbeiten wenig zu tun. Diese Tätigkeit des Ordnens, Schreibens, Abheftens fehlte mir. So fing ich an, unsere privaten Unterlagen zu ordnen. Ich kaufte eine Dokumentenmappe, in die ich alle Zeugnisse und Versicherungsunterlagen abheftete, und ich führte ein Haushaltsbuch.

Am Monatsende brachte mir Horst seinen Lohnstreifen mit, den ich dann abheftete. Auf dem Lohnstreifen stand »Arbeiter Nr. 17«. Das gab mir jedes Mal einen Stich. Horst hatte einen Beruf gelernt. Er war Werkzeugmacher, und das klang doch ganz anders als »Arbeiter« – und dann auch noch »Nr. 17«.

Ich ärgerte mich. »Sage bitte in der Buchhaltung Bescheid, dass du kein Arbeiter Nr. 17 bist«, riet ich ihm. Es half nichts und ich ärgerte mich immer mehr. Sein Freund Wolfgang war Fleischermeister, das klang doch ganz anders. Ich wollte keinen Mann, der Arbeiter Nr. 17 war. Ich wollte auch einen Meister. Sicher hätte ich mir das früher überlegen müssen, aber früher war es mir nicht eingefallen.

Nun sprach ich mit meinem Schwiegervater darüber, der sofort verstand: Horst sollte die Meisterschule besuchen. Das war auch schon immer sein Wunsch gewesen, aber Horst brauchte etwas Antrieb. »Horst, du hast das Zeug dazu!«

Ich trieb ihn an. Nach und nach glaubte er selbst, dass es dringend Zeit würde, eine Meisterschule zu besuchen. Ja, dann wurde er Industriemeister. Die Schule war in Wetzlar. Er nahm sich dort ein kleines Zimmer und kam nur zum Wochenende nach Hause.

Und weil das noch nicht genug war, besuchte er weiter Lehrgang um Lehrgang und wurde zum Refa-Fachmann.

Ich war stolz und dachte immerzu: Was habe ich bloß für einen tollen Mann!

Beim Frauenarzt

Von allen Seiten wurde ich bedrängt, endlich zum Frauenarzt zu gehen, denn ich war schwanger. Ja, ich wusste es ja, diese Peinlichkeit würde mir nicht erspart bleiben, aber ich zögerte die Sache hinaus. Inzwischen war ich verheiratet und ich wollte auch wissen, ob bei mir alles in Ordnung war.

Andererseits, was sollte schon sein? Später bei meinem zweiten und dritten Kind war ich besorgter, aber bei diesem ersten war ich von einer naiven Unbekümmertheit und Zuversicht. Mit möglichen Komplikationen hatte ich mich nicht beschäftigt, das wollte ich auch nicht in meinem jugendlichen Mutterglück.

Aufgeregt war ich wie noch nie in meinem Leben. Die Praxis des Frauenarztes war in einem Haus in unmittelbarer Nähe des Krankenhauses. Das Wartezimmer war voller Frauen. Alles war dicht besetzt. Auch auf der Treppe im Hauseingang saßen einige Frauen und draußen auf der Bank. Das konnte dauern. Vielleicht hatte ich Glück und kam nicht dran. Dann würde mir heute dieser gerüchteträchtige »Untersuchungsstuhl« erspart bleiben. Als ich eine Weile gewartet hatte, wurde ein Platz auf der Bank frei. Nach mir kamen weitere Frauen und ich merkte mir die Gesichter der Frauen, die nach mir gekommen waren. Termine wurden nicht vergeben.

Als ich einen Platz hatte, packte ich mein Häkelzeug aus. Ein Babyjäckchen häkelte ich damals, und zwar in der Farbe Grün. Weiß war mir zu langweilig, und da ich nicht wusste, ob ich einen Jungen oder ein Mädchen bekommen würde, blieben nur Gelb und Grün übrig. Da ich mir Gelb für den Stubenwagen vorstellte, wählte ich Grün.

Dann irgendwann, Stunden später, kam ich endlich dran. Ich betrat einen kleinen Raum. Der weiß gekleidete Arzt saß an seinem Schreibtisch und rauchte. Alles war in Nebel gehüllt. Vage sah ich die Umrisse einer Dame neben ihm. Die Zigarette hielt er nicht wie üblich in der Hand, sondern sie steckte in einer Zigarettenspitze.

Mein Name wurde gewünscht. Ach, ich war so aufgeregt. Als ich meinen Namen genannte hatte, fiel mir ein, dass er ja nicht stimmte, denn ich hatte ja geheiratet. Schnell berichtigte ich mich. Ich hieß ja jetzt Eichler.

»Alter?« –»20«, schoss es heraus. Aber halt! Vor drei Tagen hatte ich Geburtstag und ich war ja jetzt 21 Jahre alt. Auch diesen kleinen Irrtum nahm man gelassen hin.

Nun erfolgte die Untersuchung und der gefürchtete Stuhl musste bestiegen werden. Ich hatte nur einen Gedanken: Schnell wieder hier raus.

Alles war bei mir in Ordnung. In acht Wochen sollte ich wieder zu einer weiteren Untersuchung erscheinen. Nur schnell weg. Ich zog meinen Rock herunter und war auch schon wieder draußen.

Erst auf dem Heimweg fiel mir auf, dass ich meinen Slip hinter dem Vorhang vergessen hatte.

Ach, ist egal – Hauptsache, alles ist in Ordnung.

Das besondere Geschenk

Mein Freund Horst hatte Geburtstag. Er wurde 20 Jahre alt. Natürlich würde ich ihm etwas schenken. Das war klar. Da ich in einem reinen Frauenhaushalt aufgewachsen war, hatte ich auch nie einem Mann etwas geschenkt. Dem Freund meiner Tante hatte ich einmal eine Packung Zigaretten geschenkt mit Verhaltensmaßregeln dazu. So schrieb ich damals: »Des Nachts zu rauchen findst du nett – aber rauche bitte nicht im Bett«, usw.

Zigaretten wären natürlich das ideale Geschenk gewesen. Da freute sich früher jeder drüber und auch über einen Aschenbecher. Auch Leute, die nicht rauchten, hatten damals zur Dekoration Aschenbecher herumstehen. In jedem Kinofilm wurde sehr oft geraucht. Rauchen war in. Horst rauchte nicht. Das wäre mir aufgefallen. Gut, ich kannte ihn noch nicht so gut, aber mit Alkohol und Zigaretten hatte er wirklich nichts am Hut.

Meine Oma und meine Tante hatten keine Ahnung, was ich meinem Freund schenken könnte, und ich auch nicht. Blumen und Schokolade, das war wirklich zu einfallslos. Socken war auch irgendwie nicht passend. Wir waren ja nicht einmal verlobt. Etwas Unverfängliches sollte es sein. Wir kannten uns jetzt ein halbes Jahr, und da sollte mir vielleicht aufgefallen sein, was er brauchen könnte, aber ich stand auf dem Schlauch.

Ich fragte damals meine Arbeitskollegin Rosemarie. Ja, sie hatte schon mehr Ahnung. »Was tut er denn in seiner Freizeit?« In seiner Freizeit? Ich überlegte. Wir fuhren zum Wochenende zum Tanzen, und überhaupt war er sehr oft mit dem Auto seines Vaters unterwegs. Wenn er das Auto haben durfte, fuhr er mich nach Groß-Felda und ich brauchte nicht mit dem Bus zu fahren. Auch in der Mittagspause hatte ich ihn schon gesehen. Er fuhr immer am Kino vorbei, dann links in Richtung Innenstadt und über den Markplatz hinweg, durch die Obergasse bis zur Post. Von dort wieder Richtung Kino. Es war die sogenannte »Idiotenrunde«, die meine Arbeitskolleginnen und ich auch jeden Tag gingen.

»Er liebt anscheinend das Autofahren«, sagte ich. »Dann ist es einfach«, sagte sie. Sie schlug ein paar Autohandschuhe vor. Das war natürlich das richtige Geschenk, nur wäre ich nie darauf gekommen.

Er trug bisher keine Autohandschuhe. Das wäre mir aufgefallen, und dann ist es ja wohl das Sinnvollste auf der Welt. Das war die beste Idee, die Rosemarie hatte, und ich dachte, dass ich doch sehr hinter dem Mond lebe.

Ich ging in ein Lederwarengeschäft, denn aus echtem Leder sollte mein Geschenk schon sein. Es war ja was fürs Leben. Welche Größe? Ja, das ist eine gute Frage. Seine Hände hatte ich mir, ehrlich gesagt, nicht so genau angeschaut. Da ich keine Größe wusste, schaute ich mir die Hände des Verkäufers an. »Ihre Größe«, sagte ich dann und dachte, dass sich Männerhände doch sicher nicht so sehr voneinander unterscheiden.

Er zeigte mir nun Handschuhe, die alle Löcher hatten. Ich sagte nichts, obwohl ich zunächst nicht wusste, wozu die Löcher gut waren. Ein paar graue Wildlederhandschuhe erstand ich. Dann zu Hause verstand ich auch den Sinn der Löcher.

Ich hatte das ideale Geschenk für meinen Freund. Horst bedankte sich höflich, aber ich habe ihn nie mit diesen Handschuhen gesehen.

Am Anfang traute ich mich nicht, ihn danach zu fragen, aber später, als ich mir seine Hände einmal ganz genau angeschaut hatte, wusste ich, dass sie ihm niemals gepasst haben.

Das Flaschendrehen

Wir hatten eine eigene Wohnung, obwohl Horst der Jüngste aus unserer Clique war. Seine Freunde hatten wohl eigene Zimmer, aber eine eigene Wohnung hatten nur wir. Unsere Wohnung schien uns damals sehr groß. Wir hatten ein Schlafzimmer, ein Wohnzimmer, ein Kinderzimmer, eine Küche und ein Bad. Viele Jungverheiratete hatten damals lediglich ein eigenes Schlafzimmer und teilten Küche und Wohnzimmer mit den Eltern bzw. Schwiegereltern.

Ich hatte als Kind nie ein eigenes Zimmer für mich gehabt und ich war glücklich. Unsere Freunde besuchten uns oft, denn bei uns bestand doch eine gewisse Bewegungsfreiheit. Wenn wir unseren Freund Wolfgang besuchten, konnte es vorkommen, dass wir mit sieben Leuten auf seinem Bett saßen. Das war doch bei uns eine andere Sache.

Einmal feierten wir bei uns Silvester. Im Vorfeld planten wir, eine Feuerzangenbowle im Wohnzimmer zu servieren. »Nein«, sagte damals Otto, »das machen wir nie wieder«, und dann erzählte er, dass bei einer Feuerzangenbowle, die in Wolfgangs elterlichem Wohnzimmer eingenommen werden sollte, der Teppich Feuer gefangen habe und dass die Sache zu gefährlich sei. Ja, Otto war so vernünftig.

Wir tranken Bier und süßen Wein an diesem Silvesterabend. Wer dann irgendwann auf die Idee kam, dass wir zur Unterhaltung Flaschendrehen und dann ein Pfänderspiel machen könnten, weiß ich nicht mehr. Der Abend zog sich dahin und vielleicht hatten wir damals auch noch keinen Fernseher.

Beim Flaschendrehen ist es so, dass die Person, auf die der Flaschenhals zeigt, wenn er nach dem Drehen zum Stillstand kommt, ein Pfand geben muss. Wenn genügend Pfandmaterial zusammengekommen ist, dann müssen irgendwelche Aufgaben erfüllt werden, um z. B. wieder an seinen Gürtel zu kommen.

Wir saßen im Kreis auf dem Fußboden in unserem Wohnzimmer. Zuerst wanderten die Ringe, die Schuhe, die Schlipse, die Gürtel, die Uhren auf einen Haufen im Kreisinneren. Mit viel Gekicher und Gelächter kamen dann die ersten Hemden und Strumpfhosen dazu. Dann zeigte der Flaschenhals auf Otto.

Otto hatte sein Hemd und sein Unterhemd schon abgegeben, und so wäre seine Hose drangekommen. Was würde er nun machen? Wir schauten gespannt und alberten herum.

Als sei es eine Selbstverständlichkeit, zog Otto seine Hose aus und saß in seiner blütenweißen Unterhose im Kreis. Jetzt schellte es. Oh – schlagartig war Stille. Wer kann das sein? »Otto, mach die Tür auf!«, hieß es. – Es war meine Schwiegermutter. Wir hatten anscheinend so gelacht und getobt, dass sie nach dem Rechten sehen wollte.

Otto erhob sich und ging zur Wohnungstür. Er öffnete die Tür in seiner galanten, umwerfenden Art in seinen Unterhosen mit Bein und erklärte meiner Schwiegermutter, dass alles hier oben in bester Ordnung sei und dass sie sich keine Sorgen machen müsse.

Nun, sie war überzeugt davon und ging zufrieden nach unten. So etwas kann nur Otto.

Das Hosenmodel

Niemand kann sich heute vorstellen, dass ich einmal »Hosenmodel« war. Ja, es war in meiner schlanken Zeit. Horst brachte mir einmal ein Abendkleid aus schwarzem Samt aus Wetzlar mit. Es war ein Weihnachtsgeschenk und das Kleid hatte Größe 36.

Unser Freund Wolfgang war Fleischermeister. Wenn er uns besuchte, dann trug er mich aus Übermut auf der Terrasse herum und dann sagte er exakt, wie viel ich wog. Er trug die Woche über Schweine oder Schweineteile und konnte im Laufe der Zeit sagen, wie viel Gewicht ein einzelnes Teil hat. Mich überraschte er, indem er mein exaktes Gewicht angeben konnte. Heute würde ich niemandem raten, mich auf den Arm zu nehmen.

Das mit dem Hosenmodel war so: Ein anderer Freund war Hans-Jürgen, genannt Hännes. Dieser arbeitete in der Textilbranche. Zunächst war er bei einer Alsfelder Firma beschäftigt, und als diese nicht mehr bestand, machte er sich selbstständig. So kam es sehr oft vor, dass er mit zwei oder drei Hosen im Gepäck zu mir kam und ich diese Hosen anprobieren musste. Die Hose, die mir am besten passte, ging in Serie. Sie wanderte dann nach China und dort erfolgte die Fertigung. Es musste immer alles sehr schnell gehen. Wenn ich sein dunkelblaues Auto kommen sah, zog ich schon die Hose aus, die ich gerade anhatte, und schlüpfte an der Haustüre in die mitgebrachte Hose. Dann eine Runde durch die Wohnung, in die nächste Hose und dann war er auch schon wieder draußen.

Einmal war meine Großmutter zu Besuch, als ich mit der Äußerung: »Hännes kommt«, meine Hose auszog und zur Haustür rannte. Sie erschrak und sagte: »Du kannst doch vor dem Mann nicht die Hose ausziehen!« Damals bekam ich eine Hose, die ich gleich anbehalten durfte, denn es war ein Geschenk. Eine Hose als Geschenk für einige Jahre »Hosenmodel«. Wenn das nichts ist! Oh, ich war sehr stolz.

Das tägliche Malheur

Es war der erste Morgen im neuen Jahr. Der Neujahrsmorgen. Der Tisch sollte heute besonders schön aussehen. »Wie man das neue Jahr anfängt, so wird das ganze Jahr«, das hatte meine Oma immer gesagt. Sonst musste es ja morgens immer schnell, schnell gehen, aber heute deckte ich den Tisch mit Liebe und Sorgfalt. Sogar Blumen standen auf dem Tisch.

Tags zuvor war Horst mit den Kindern beim Silvesterwürfeln gewesen. Dieser Gang in die Altstadt zum Würfeln war schon Tradition. Horst liebte das Silvesterwürfeln. Von Kindheit an gehörte dieses Treiben in den Gastwirtschaften von Alsfeld zum Jahresausklang dazu.

Früher hatte seine Mutter den Kartoffelsalat vorbereitet und dann kam Horst freudestrahlend mit den erwürfelten Würstchen nach Hause und wurde gelobt. Nun war es bei uns auch so. Ich war gestern für den Kartoffelsalat zuständig gewesen und Horst war mit den Kindern beim Würfeln. Jubelnd stürmten sie mit den Würstchen ins Haus. Sogar eine kleine Torte hatten sie gewonnen. Diese stand auf dem Tisch. Die Kinder tranken, wie jeden Morgen, Kakao und wir Kaffee.

Kommt, Kinder – wir wollen frühstücken. Horst war noch im Halbschlaf. Die Kinder setzten sich und dann passierte das, was eigentlich fast jeden Morgen passierte. Susanne stieß ihre Tasse um. Das war sonst kein großes Problem. Da kam der Lappen herbei und schon war alles weggewischt. Heute allerdings war das schöne Tischtuch braun und alles andere, was auf dem Tisch stand, war bespritzt und feucht.

Heute schimpfte ich: »So eine Schweinerei! Wir sitzen noch nicht mal am Tisch und da hast du schon wieder alles eingedreckt. Kannst du dich nicht zusammenreißen, du Trampeltier?!« Die Kinder plärrten herum und durch den Lärm wurde Horst nun auch hellwach. Er rief aus dem Schlafzimmer: »Gott sei Dank – das neue Jahr wird wie das alte.« Das war sein Beitrag.

Dann vertrugen wir uns wieder und frühstückten fröhlich, aber am nächsten Tag ging ich mit Susanne zum Augenarzt, und siehe da: Das Kind braucht eine Brille. Kein Wunder, dass sie danebengreift. Ach, mein Schätzchen. Da haben wir immer mit dir geschimpft und du konntest nichts dazu. Wir sind Rabeneltern.

Das schlechte Gewissen

Einmal kam meine Nachbarin in den Keller und sah, dass ich die Stiefel der Kinder wusch. »Was machst du denn noch? Wir wollen Karten spielen! Ach, du wäschst die Stiefel. Können das die Kinder nicht schon selbst?« – Natürlich könnten sie es, aber solche Dinge tat ich für die Kinder und das hatte seinen Grund: Ich hatte während meiner Berufstätigkeit immer ein schlechtes Gewissen.

Obwohl ich mich sehr beeilte, um möglichst rechtzeitig zu Hause zu sein, passierte es doch, dass die Kinder selbst aufschließen mussten und das Haus ohne Mutter vorfanden und so manche Stunde überbrücken mussten. Das reichte aus, um mir Vorwürfe zu machen. Wenn sie jetzt Sorgen aus der Schule mitbringen, wo bin ich da? Ich bin noch auf der Autobahn. Wenn sie sich über eine schlechte Note geärgert haben, wo bin ich da? Sie müssen warten, bis ich sie am Abend darauf anspreche, oder es geht unter im Familienalltag. Damit hatte ich zu kämpfen.

Einmal sah ich in einem Ort eine Mutter mit Schirm an der Bushaltestelle, die ihr Kind abholte, weil es angefangen hatte zu regnen. Was würden meine machen bei Regen ohne Schirm? Sie würden sich die Kapuze ihres Parkas hochziehen und losrennen. Vielleicht würden sie darunter leiden, dass sie nicht behütet aufwachsen. Ich redete mir ein, dass meine Kinder glücklich sind, und diesen Eindruck hatte ich auch von ihnen, aber irgendetwas nagte immerzu in mir.

Einmal war Peter sehr stark erkältet. Der Arzt war da und sagte: »Hoffentlich schaut keine Lungenentzündung bei der ganzen Sache heraus.« Morgens hatte er schon Fieber und ich hätte bei ihm bleiben sollen. Er schlief zwar immer, wenn er krank war, aber sollte ich ihn heute alleine lassen? Der Tee stand auf dem Nachttisch und … ich fuhr in die

Schule. Ganz dringend schien mir die Fahrt zur Schule und ich redete mir ein, dass ich ja nichts für ihn tun könne. Er hatte seine Tablette genommen und nun würde er wahrscheinlich bis zum Mittag schlafen.

Kaum war ich in meiner Klasse, kam die große Unruhe über mich. Was machst du hier in der Schule? Wie mag es dem Kind gehen? Was bist du für eine Mutter?! Du gehörst zum kranken Kind! Und nach der Schule wie im Flug nach Hause. Das Fieber war gesunken und er hatte Hunger.

Außerdem wollte er sein Bett vor dem Fernseher haben. Gott sei Dank. Er war auf dem Weg der Besserung. Nie wieder lass ich ein Kind alleine.

Wenn Michael aus dem Kindergarten kam, war selten jemand zu Hause. Gut, wenn ich frei hatte oder wenn eins der größeren Kinder eher Schule aus hatte, dann konnte ihn jemand in Empfang nehmen, aber das kam selten vor.

Er wusste, dass in der Regel niemand zu Hause war, und holte sein Tretfahrzeug und drehte damit seine Runden, bis sein Vater oder seine Geschwister nach Hause kamen. So ging das bis zum Herbst, und als die Schlechtwetterzeit kam, mussten wir uns etwas überlegen, wie er ins Haus kann. Die Haustüre konnte er noch nicht aufschließen, aber wir konnten ja nicht die Haustüre offen stehen lassen. Wenn es regnete oder schneite, dann konnte er nicht seine Runden drehen, sondern musste ins Haus können. Eine halbe Stunde musste überbrückt werden, aber eine halbe Stunde ist lang bei großer Kälte.

Not macht erfinderisch. Wir stellten eine Gartenbank vor seinem Fenster auf und lehnten das Fenster nur an. So konnte er bei Bedarf über die Bank durch sein Fenster in sein Zimmer gelangen. Manchmal besuchte er aber bei irgendwelchen Sorgen auch eine Nachbarin, und zwar »Tante Inge«.

Als er im ersten Schuljahr war, hatte er an einem bestimmten Tag erst um zehn Uhr Schule. Die Uhr kannte er noch nicht. Auch da hatten wir einen Trick. Wir stellten den Wecker, und wenn dieser klingelte, dann machte er sich auf den Schulweg.

Einmal fiel mir in der Schule siedend heiß ein, dass ich den Wecker nicht gestellt hatte. Was machen? Ich rief ihn um halb zehn an, aber niemand ging dran. Niemand meldete sich. Das Telefon bimmelte und bimmelte. Wo ist der kleine Mann? Es wird doch nichts passiert sein! Ich rief Horst an und bat ihn, nach Hause zu fahren. Michael meldete sich nicht.

Was war geschehen? Als Horst kam und nach ihm rief, wachte dieser aus seinen Träumen auf. Er hatte auf seinem Bett mit seinen Autos gespielt und war eingeschlafen.

Im Nachhinein denke ich heute, dass ich viele Dinge anders machen würde, aber ich bin nicht mehr jung und vielleicht würde ich alles wieder so machen.

Das Umstandskleid

»So kannst du nicht mehr gehen«, sagte Frau Siebert, meine Arbeitskollegin. Du brauchst ein Umstandskleid. Frau Siebert hatte meistens recht. Wir hatten uns angefreundet, als ich eine Zeit bei der Kreiskasse arbeitete. Nun sah ich sie nicht mehr so oft, denn ich war am Bauamt.

Ich trug jetzt immer mein Dirndl. Es ging zwar nicht mehr zu, aber ich konnte die Schürze so binden, dass es nicht zu sehen war. Auch meine Steghose passte mir noch recht und schlecht. Der Reißverschluss ging zwar auch auf der Seite nicht mehr zu, aber ich hatte mir zwei Knöpfe angenäht und diese mit einem Hosengummi verbunden. Die Bluse oder der Pulli waren so lang, dass man auch noch mit der Hose irgendwie gehen konnte. »Das Kleid wird vorn immer kürzer und du siehst unmöglich aus. Du bist doch dauernd unter Leuten und so ein Umstandskleid gehört dazu.« Das war Frau Sieberts Meinung.

Wenn man sich früher etwas anschaffte, dann sollte das möglichst für immer sein. Ein Umstandskleid braucht man nur für eine gewisse Zeit und dann vielleicht nie wieder. Für damalige Verhältnisse waren solche Käufe »rausgeschmissenes Geld«. Ja, aber es war bei mir notwendig, denn es bekamen mich ja nicht nur meine Arbeitskollegen zu sehen, sondern auch die Besucher des Bauamtes. Ja, diese unabwendbare Ausgabe kam nun in Riesenschritten auf uns zu, wie in einigen Monaten die Erstlingsausstattung für das Baby.

Nun, ich erstand einen Umstands-Trägerrock. Dieser hatte jede Menge Vorteile. Erstens war der Rock vorne in kleine Falten gelegt, sodass man den Bauch darunter nur ahnen konnte. Der Rock fiel ganz locker und das war gut. Ein Kleidungsstück, das über dem Bauch spannte oder gar den Bauch abzeichnete, war verpönt. Der dicke Bauch war zwar da, aber man zeigte ihn nicht vor. Er war Privatsache. Bei einem Gruppenfoto stellte man sich mit dem Bauch weiter hinten hin. Der Babybauch wurde zwar nicht versteckt, aber auch nicht zur Schau gestellt oder gar nackt präsentiert.

Der Trägerrock damals hatte noch weitere Vorteile gegenüber einem Kleid, da man ihn variieren konnte. Einmal zog man eine weiße Bluse darunter, was immer recht frisch wirkte, wenn es einem mal nicht so gut ging, und dann konnte man, wenn es kühler wurde, einen Pulli unter den Trägerrock ziehen.

Ja, und »ein« Kleidungsstück für diese kurze Zeit, in der man sowieso nicht groß ausging, reichte völlig aus. Die Farbe des Rocks war dunkelblau. Erstens ist Dunkelblau eine Farbe, an der man sich nicht so schnell satt sieht, und zweitens kleidet Blau eine junge Mutter ganz besonders.

Die Ausgabe für den Umstandsrock hat sich dann doch gelohnt, denn nach dem Baby Nummer 1, das im Januar 1966 geboren wurde, kam einige Monate später der Rock wieder zum Einsatz für Baby Nummer 2. Bis zum 1. April 1967 strampelte mein kleiner Sohn Peter unter dem adretten dunkelblauen Rock.

Das ungleiche Paar

Nachdem mein Sohn Peter geboren war, blieb ich einige Zeit zu Hause, aber nicht lange. Schon bald kam wieder diese eigenartige Unzufriedenheit bei mir auf. Ich dachte, dass ich nichts tauge, wenn ich nichts verdiene. Arbeit hatte ich genug mit den zwei kleinen Kindern, aber es war, wie es war. Ich schaute mich nach einer zusätzlichen Tätigkeit um.

Da war etwas: Im Rasthof Pfefferhöhe suchte man eine Buchhalterin. Ich war keine ausgesprochene Buchhalterin, aber ich wollte es lernen. Ich bewarb mich und sie nahmen mich.

Meine Tätigkeit bisher beschränkte sich auf Verordnungen, Genehmigungen, Beschlüsse, Zuweisungen und den Schriftverkehr dazu. Es waren eher langweilige, staubige Tätigkeiten im Gegensatz zu dem, was mich hier erwartete. Hier war es lebendiger, mehr Menschen, mehr Beweglichkeit und Aktion. – Da war der Streit in der Küche, die Anlieferung eines Rehs, die Bezahlung der Eierrechnung, die verspätete Lieferung der Tischdecken für die Hochzeit, die Speisekarte, die nicht stimmte und neu geschrieben werden musste, die kleine Köchin, die den Schlüssel für das Kühlhaus verbummelt hatte. Solche Dinge. Alles war voller Leben und Hektik.

Das Mittagessen nahmen wir drei Bürokräfte nacheinander ein, damit immer jemand am Telefon sein konnte. Das Essen für die Belegschaft kostete täglich 1 DM.

Wenn ich an diese Zeit zurückdenke, fällt mir Ursel ein. Sie war ca. 50 Jahre alt, schwerfällig und verschlossen. Meist half sie in der Küche bei einfachen Tätigkeiten oder kehrte den Lieferanteneingang. Sie sprach nicht, aber sie schimpfte und murmelte monoton vor sich hin.

Wenn ein bestimmter Gast im Hause war, wurde sie lebendig. Sie war dann immer irgendwie in seiner Nähe. Er gefiel ihr anscheinend. Sie beobachtete ihn. Es war Mister Eddy Edwayer und er war Amerikaner. Er sah gut aus, war ca. 45 Jahre alt, schick, gepflegt und strahlte eine gewisse weltmännische Gelassenheit aus.

Irgendwann erzählte ihm jemand von seiner heimlichen Verehrerin.

Sie konnte seinen Namen nicht aussprechen, aber wenn er wieder im Hause war, leuchteten ihre Augen und sie sagte: »Mister Edwin«.

Dann sahen wir irgendwann die beiden einträchtig zusammen. Nein, das kann doch nicht sein. Doch! Sie saßen auf einer leeren Bierkiste beim Lieferanteneingang und unterhielten sich anscheinend.

Es sah jedenfalls so aus, obwohl Mr. Edwayer kein Deutsch verstand. Ursel konnte kein Wort Englisch. Ja, sie hatte schon beim Sprechen in Deutsch Schwierigkeiten. Aber sie unterhielten sich. Wie auch immer – es klappte. Einmal sah ich, dass er sie zum Bus begleitete, der uns Bedienstete in die jeweiligen Heimatorte fuhr. Sie stieg ein und er winkte ihr nach. Mister Edwayer und Ursel – ungleicher konnte ein Paar nicht sein.

Für mich war die ganze Sache unverständlich. Teils amüsierte ich mich, wenn ich sie zusammen sah, teils überlegte ich, wie das mit der Sprache klappt, aber dann gab es wieder andere Dinge, die interessant waren.

Eine gewisse Zeit – vielleicht ein halbes Jahr – ging das so mit den beiden und dann kam Ursel nicht mehr und auch Mr. Edwayer wählte die Pfefferhöhe nicht mehr als Quartier. Was war passiert? »Mr. Edwin« war verstorben und hatte sein Vermögen unserer Ursel vererbt. Sie konnte vorzeitig in Rente gehen.

Das wichtige Protokoll

Seit fünf Jahren arbeitete ich für eine Lauterbacher Firma. Hin und wieder nahm mich mein Chef mit nach Lauterbach ins Büro, aber meistens arbeitete ich zu Hause. Ich hatte mir eine Schreibmaschine aus der Firma mit nach Hause genommen und jeden Abend um 19 Uhr ging ich in die Wohnung des Chefs zum Diktat.

Er wohnte ganz in der Nähe. Ich schrieb dann zu Hause von 20 Uhr an und meistens war ich um ein Uhr fertig. Morgens um sieben holte mein Chef dann die Korrespondenz wieder ab. So war ich tagsüber für die Kinder da und am Abend, wenn sie schliefen, konnte ich arbeiten. Susanne ging damals ins erste Schuljahr, Peter in den Kindergarten und dann war ich wieder schwanger.

Meinem Chef war das nicht recht, denn er plante, mich mit auf Geschäftsreise zu nehmen, wenn Peter auch in die Schule geht. Nun machte ich ihm einen Strich durch die Rechnung, aber immerhin blieb ich ihm als Schreibkraft erhalten.

Wieder einmal ging ich zu ihm zum Diktat mit meinem ungeheuer dicken Bauch. Das Baby hätte schon vor 14 Tagen kommen sollen, aber es ließ sich Zeit. Meine Beine waren so dick wie zwei Stempel, denn ich hatte plötzlich Wasser in den Beinen. Es war ein sehr heißer September. Der August war schon sehr heiß gewesen.

An diesem Abend diktierte er mir nicht – wie normal – Briefe und Aktennotizen. Er telefonierte eine Stunde mit einem Geschäftsmann in Holland und ich schrieb mit. Mit der linken Hand hatte ich den zusätzlichen Lautsprecher am Ohr und rechts schrieb ich in Stenografie mit. Inzwischen ist es kaum noch üblich, die Kurzschrift anzuwenden.

Ich war in der Lage, jeden Satz des Gespräches mitzuschreiben. Es war eine Art Vertrag, der da zustande kam.

An diesem Abend war mir nicht gut und ich schaffte es nicht, alle Passagen der Verhandlungen niederzuschreiben. Am nächsten Tag ging ich zum Arzt und ich musste im Krankenhaus bleiben. Die Geburt sollte eingeleitet werden. Mein Chef war enttäuscht, als er wie üblich am nächsten Morgen seine Unterlagen abholen wollte. Der Vertrag war nicht fertig.

Er meinte zu meinem Mann, dass ein drittes Kind nicht mehr hätte sein müssen. Er habe sich nichts notiert und alle wichtigen Dinge stünden in meinem Block.

Als mein kleiner neuer Sohn geboren war und ich zurück in mein Zimmer geschoben wurde, wartete bereits ein Mann auf einem einsamen Stuhl. Ich hatte meinen Ehemann erwartet, aber es war mein Chef. »Herzlichen Glückwunsch!«, sagte er kurz, aber dann kam er mit seinem Anliegen: Er brauche dringend die Daten und Termine der telefonischen Verhandlungen. Ja, das sah ich ein.

Wenig später kam mein Mann und ich schickte ihn wieder nach Hause mit der Bitte, den Block herbeizuschaffen und Papier. Eigentlich war ich sehr müde, aber ich übersetzte die Hieroglyphen, die sonst niemand lesen konnte, und am Abend kam mein Chef und holte die Unterlagen ab. Geschafft!

Am nächsten Morgen, als ich erwachte, wer stand vor meinem Bett? Ja, der Chef. Ich war darauf gefasst, dass er mir etwas diktieren würde, und griff zum Block. Aber nein! Er überreichte mir eine Schachtel Pralinen.

Der Apfelkorn

Jede Zeit hat ihre Getränke. Als wir jung verheiratet waren, tranken wir sehr süßen Wein. Je süßer, umso besser. Irgendwie veränderte sich im Laufe der Jahre unser Geschmack. Im Moment schmeckt uns trockener Wein, den wir früher sicher als »sauer« bezeichnet hätten.

Es war zur Apfelkorn-Zeit, als eine Kegelschwester ein Kind bekam. Meine Nachbarin Elke und ich besuchten Mutter und Kind, denn wir hatten uns durch die Schwangerschaft eine lange Zeit nicht mehr beim Kegeln getroffen. Das Kindlein wurde bestaunt und das Kinderzimmer und dann fragte uns die junge Mutter, ob wir einen Apfelkorn trinken möchten.

Einen Apfelkorn auf das freudige Ereignis! Ja, natürlich. Einen Apfelkorn trinken wir sehr gern. Er war eisgekühlt und schmeckte hervorragend. –Auf einem Bein steht man nicht gut, sagte jemand, und da hatten wir auch schon wieder unser Glas gefüllt. Also – alles Gute für euch beide und dass du bald wieder zum Kegeln kommst!

Die Kleine schläft. Kommt doch mit ins Wohnzimmer! Nein, wir haben keine Zeit, aber vielleicht ein paar Minuten. Gut. Wir bleiben noch ein Weilchen. Dann trinken wir noch einen Apfelkorn – oder soll ich eine Flasche Wein öffnen? Nein, um Gottes willen. Wir wollen ja wieder nach Hause. Unsere Ehemänner warten auf uns und wir haben noch Wäsche usw. usw. Ja, der Apfelkorn ist ein wirklich gutes Getränk. Gesund soll er sein, denn er ist aus Äpfeln. Die Flasche ist eh gleich leer. Da können wir auch den Rest noch austrinken. Das ist für jeden von uns ein halbes Gläschen. Hahaha.

Wie war es denn in der letzten Zeit beim Kegeln? Ach so, das war ja so! Ja, lustig war es natürlich wieder. Wo ist sie hin? Wir wollen uns doch verabschieden. Was machst du denn? Du brauchst doch keine Flasche mehr aufzumachen. Wir wollen doch gehen. Na ja, jetzt ist die Flasche auf und da schenk halt noch mal ein. Aber dann gehen wir. Es wird schon spät sein. Hahaha, ach so, ja. Natürlich, und wie usw. Das kannst du glauben. Nein, ich doch nicht. Haha – das ist doch die leere Flasche, die andere …

Jetzt schlafen unsere Leute zu Hause. Jetzt können wir auch noch eine Weile bleiben. Hast du noch einen? Der Apfelkorn hat, und das muss man mal sagen, auch die richtige Temperatur.

Nun geht's nach Hause. Komm her, du wackelst ja. Ich wackele nicht, aber du wackelst. Wir wackeln nach Hause, aber ist das die richtige Richtung? Ich glaube, dass das doch nicht die richtige Richtung ist. Ist das nicht die Kläranlage? Wir wohnen doch weiter oben am Berg. Komm, wir reißen uns zusammen. Ja, das klappt. – Hier ist unser Zuhause.

Gute Nacht, Apfelkorn!

Der Bauch ist weg

Eigentlich sollte meine Tochter am 11. Januar geboren werden, aber erst am 25. Januar bequemte sie sich, ihr anscheinend gemütliches Nest zu verlassen. Nun war sie da und mein Bauch war weg. Ich hatte mir vorgestellt, dass mein Bauch ganz faltig ist, aber er war wie früher, obwohl ich nicht »gewickelt« worden war.

Horst sollte feste Küchenhandtücher mitbringen, solche von früher. In diese wollte mich meine Hebamme einwickeln. Mit dieser Wickelei sollte erreicht werden, dass sich die inneren Organe und der Bauch zurückbilden. Horst fand zu Hause keine festen Küchenhandtücher. Er konnte auch keine finden, denn wir hatten keine. Mein Bauch war aber auch ohne die Bauchwickel schön flach.

Was uns allen sechs Frauen im Zimmer sehr missfiel, war die Tatsache, dass wir nicht aufstehen durften. Man war damals der Meinung, dass eine Wöchnerin mindestens eine Woche im Bett liegen müsse. Einmal wegen der Bettwärme und zum anderen wegen der inneren Organe, die sich erholen sollten. Meine Oma hatte mir erzählt, dass im Sudentenland eine Wöchnerin sogar vier Wochen das Bett hüten musste, aber nur eine, die es sich leisten konnte. Eine Tagelöhnerin konnte sich nur zwei bis drei Tage gönnen.

Nicht einmal zur Toilette durften wir huschen. Die Toilette war im Flur, und wenn uns dort eine Krankenschwester erwischt hätte, dann wäre der Teufel los gewesen. Im Flur standen nachts die Blumen, denn jede von uns hatte einen Blumenstrauß bekommen. Das war so üblich.

Gefürchtet war die Putzfrau. Sie führte ein eisernes Regiment. Wenn sie mit ihrem Schrubber und dem Eimer in der Tür erschien, dann schnell die Schlappen hochgestellt. Wenn sie eins nicht leiden konnte, dann waren es Dinge, die auf dem Boden lagen. Laufend saß eine von uns auf dem »Schieber«. Meine Tante nannte das Teil »Bettpfanne«. Heute heißt das Teil wieder anders.

Es war ein Sonntag und zwei von uns saßen auf dem Schieber. Sie saßen im Bett erhöht, wie Königinnen. Ganz kurz klopfte es an die Tür und da stand auch schon der Bildzeitungsverkäufer mitten im Krankenzimmer. Es war ein kleiner Mann und man konnte es ihm ansehen, dass er Erfahrung mit diesen Situationen hatte, bei denen die Frauen so hoch und erhaben im Bett saßen.

Die Zeitung kostete zehn Pfennig – er kassierte und da war er auch schon verschwunden und man hörte sein Klopfen nebenan.

Niemand dachte sich etwas dabei und das »Geschäft« auf dem Schieber und der Zeitungskauf wurden praktisch gleichzeitig abgewickelt.

Der Chaosurlaub

1. Episode

Wir hatten drei Kinder, ein Haus gebaut, aber wir konnten trotzdem in Urlaub fahren. Manchmal sogar zweimal im Jahr. Das hatte einen guten Grund. Die Firma, bei der mein Mann Horst beschäftigt war, stellte in der Nähe von Lugano ein Haus am See zur Verfügung. Ein Unkostenbeitrag von 5 DM am Tag war zu entrichten. Ich glaube, dass sogar die Kinder bis zu einem gewissen Alter nichts kosteten. Das war für uns ideal. Wir hätten uns sonst einen Urlaub nur sehr schwer leisten können. Das Haus hatte eine eigene Anlegestelle, ein Boot und einen wunderschönen parkähnlichen Garten mit Palmen und Hortensien. Es war ein Traum. Die einzige Verpflichtung, die wir hatten, war, Haus und Garten in Ordnung zu halten.

Die Mahlzeiten wurden im Freien eingenommen – direkt am See. Schiffe fuhren vorbei. Die Brötchen, die aus lauter Luft bestanden, holten wir morgens mit dem Boot von der anderen Seite des Luganer Sees in Italien. Auch frisches Obst und Gemüse, wie Weintrauben und Tomaten, kauften wir in Italien. Das war nur ein Katzensprung. Konserven und haltbare Lebensmittel brachten wir von zu Hause mit und ich kochte in der großen Küche mit dem riesigen Marmortisch. Meist gab es ein Gericht aus der Dose mit Nudeln. Alles war wunderbar. Am Abend saßen wir am Bootssteg und tranken »Martini«. Eine einzige Schallplatte war im Plattenschrank, und zwar »Griechischer Wein«, und jeden Abend hörten wir einige Male dieses Lied. Die Kinder konnten im Garten toben, schwimmen, mit dem Boot hinausfahren und waren glücklich.

Einmal zur Sommerzeit war das Quartier in der Nähe von Lugano belegt. Bald wären Ferien. Wo sollten wir hinfahren? Ein Urlaub für uns fünf Personen wird teuer. »Am besten ist es, wir kaufen uns ein Zelt. Dann können wir trotzdem in Urlaub fahren, das können wir uns leisten.«

Alle waren begeistert. Ein Zelturlaub, das ist überhaupt das Größte. Einmal ganz nah mit der Natur. Wir waren alle Feuer und Flamme. Wir kauften ein Zelt für fünf Personen. Zwei Schlafbereiche und ein Aufenthaltsbereich, wenn es mal regnete, waren vorhanden.

Nun brauchten wir noch Luftmatratzen, ja, Schlafsäcke brauchten wir auch. Würde denn alles ins Auto passen? Natürlich nicht, denn wir hatten einen kleinen 128er-Fiat. Wir brauchen einen Dachgepäckträger.

Wir fuhren damals immer nachts, wenn die Kinder schliefen. Das war besser für unsere Nerven, denn sie stritten sich im Auto. Die Koffer kamen hinter die Vordersitze, die hinteren Sitze wurden umgeklappt und schon war ein Bett fertig. Eine Steppdecke kam darüber und zwei Kopfkissen und eine Wolldecke. Wir hatten damals noch keine Kindersitze. Der Kleinste saß meistens auf meinem Schoß. Außerdem standen in meinem Fußraum immer zusätzlich zwei Taschen, die sonst keinen Platz hatten. Darin war der Proviant für die Fahrt und richtig entspannt sitzen konnte ich erst nach einem ausgiebigen Frühstück. Dann konnte ich meine Beine nebeneinander platzieren

Ja, das Packen war eine größere Sache. Das Zelt, der ganze Zubehör, Omas alter Kocher, die Lebensmittel, das Geschirr, der Campingtisch und die vier Stühle und das Boot. Ja, wir hatten auch ein Boot. Es war ein großes, schweres Gummiboot zum Aufblasen und der Kofferraum war allein damit schon gefüllt. Die Kinder kamen auf die Schlafsäcke und Kissen usw. Beim Sitzen stießen sie mit dem Kopf ans Dach. Sie sollten ja auch liegen. Das Auto war so voll, dass es eigentlich nicht mehr verkehrssicher war.

Als wir schon fast weg waren, fiel mir ein, dass ich ja die Windeleinlagen für Michael vergessen hatte. Er war zwar fast sauber, aber es gab Situationen, bei denen er die ganze Sache vergaß, und dann war die Hose nass. Die Packung mit den Windeleinlagen hatte die Größe der Toilettenpapierpackung. Diese war auf dem Dach und nun kamen die Windeleinlagen dazu. Mit Gurten wurde alles festgezurrt. Prima. Nun konnten wir los.

Wir hatten alles im Griff. Ab ging's nach Italien zum Zelten an den Gardasee. Um zehn Uhr fuhren wir damals los, obwohl wir eigentlich später fahren wollten, nachdem Horst ein paar Stunden geschlafen hätte.

Die Kinder waren aufgedreht und spielten mit dem Gartenschlauch. Allen Ermahnungen zum Trotz gaben sie alle drei keine Ruhe mehr, denn der Zelturlaub stand ja kurz bevor. Susanne rutschte aus und tat sich sehr weh. Dass damals der Zeh gebrochen war, wussten wir nicht, jedenfalls heulte und schrie sie und ich sagte schließlich: »Kommt, lasst uns losfahren, damit nicht noch mehr passiert.«

Auf der Autobahn war noch recht viel los.

An den Blicken der anderen Autofahrer konnte ich erkennen, dass unser Auto eigenartig aussehen musste. Vollgepackt hoch auf dem Dach und innen die unruhige Kinderschar. Erst mit der Zeit wurde es ruhiger. Michael war auf meinem Schoß eingeschlafen, Susanne hatte sich mit meinen Strohhut auf dem Kopf etwas beruhigt, da sagte Peter: »Heute winken alle zurück.« Ja, das war mir auch aufgefallen, dass die Autoinsassen irgendwie Anteil nahmen an unserem Gefährt.

Ich schaute etwas genauer nach hinten und es sah aus, als ob von unserem Auto aus etwas flatterte. Was stimmte da nicht? Eine Autofahrerin, die wir gerade überholten, deutete auf unser Dach und da flatterte auch wieder etwas hinter dem Auto. »Horst, halt an, wir verlieren irgendetwas.«

Er hielt an und da war auch schon fast die ganze Packung mit den Windeleinlagen weggeblasen. Schwuppdiwupp hatten wir in voller Fahrt eine Windel nach der anderen verloren.

Gegen Mittag kamen wir am Gardasee an. Es war ein riesengroßer Zeltplatz und die Plätze am Wasser waren vergeben. Weiter oben am Berg bekamen wir einen Platz zugewiesen. Die Zufahrtswege waren geteert und es war unvorstellbar heiß.

Wir wollten zuerst zum Wasser und parkten in der Nähe. Also Schuhe aus und eine Erfrischung nach der langen Fahrt. Oh nein, das ging nicht. Der Teer war so heiß und die Steine am Ufer so spitz. Barfuß konnte man hier nicht laufen.

Wir konnten doch nicht mit den Schuhen ins Wasser gehen! Badeschuhe hatten die Leute hier an. Keiner von uns hatte Badeschuhe. Ja, wir mussten zunächst Badeschuhe kaufen und dann könnten wir uns abkühlen. Alle wieder rein ins Auto und zunächst in die kleine Stadt in der Nähe des Campingplatzes.

Wir kauften nun für alle Badeschlappen – und jetzt ins Wasser. Ach, das war eine Wohltat!

2. Episode

Nun kam die Müdigkeit über uns und Hunger und Durst. – »Zuerst stellen wir das Zelt auf und dann kochen wir uns eine Suppe!« Ich hatte eine ganze Menge Tütensuppen mit für meine Lieben. Dann stand das Zelt und unser Magen knurrte.

Am Straßenrand war ein Stromkasten und die Verlängerungsschnur reichte bis zu unserem Kocher. Wasser gab es weiter unten bei den Duschen und Toiletten. Im Topf Wasser holen und dann den alten Plattenkocher von Oma herbei, einschalten und Topf drauf. »Mama, ich hab Hunger!« – »Ja, die Suppe ist gleich fertig.«

Leider stand der Topf schlecht auf dem Kocher, und wie wir den Kocher auch stellten, der Topf rutschte herunter. Peter saß am Kocher und hielt den Topf, aber das Wasser wurde nicht heiß. Susanne las die Kochanleitung und stellte fest, dass das Wasser kochen musste. Immer wieder tauchte Peter den Finger ins Wasser, aber es half nichts. Das Wasser war nur lauwarm. »Horst, was machen wir? Stimmt was nicht mit dem Kocher?« Neben uns stand ein Wohnwagen und auf dem Herd darin dampfte es aus den Töpfen. Unser Wasser wurde nicht warm.

Horst ging zum Stromkasten. Die Sicherung war herausgesprungen. Nun war sie wieder drin. Gleich würde das Wasser kochen. Finger rein – etwas wärmer, aber die Sicherung war sicher schon wieder draußen. Horst wieder zum Stromkasten – Sicherung wieder rein. Horst wieder im Zelt – Sicherung wieder draußen. Wasser wird wärmer, gut, aber dauert trotzdem zu lange.

Einer von uns musste sich zum Sicherungskasten setzen und die Sicherung gleich wieder reindrücken, wenn sie heraussprang. Susanne zum

Sicherungskasten, Peter weiterhin am Kochtopf, Michael hungrig auf Mamas Arm. Susanne keine Lust mehr am heißen Sicherungskasten. Horst bezog Stellung am Kasten und nun die glorreiche Idee von wem auch: »Wir haben doch einen Ventilator. Wir schließen ihn an, und wenn er sich nicht mehr dreht, muss einer zum Sicherungskasten gehen. Niemand braucht dort zu sitzen. Der Kasten war voll in der Sonne. »Mama, wann gibt es endlich Suppe?« Immer wieder blieb der Ventilator stehen und einer musste zum Kasten laufen. Zuletzt waren wir so müde und hungrig, dass wir die lauwarme »Suppe«, wenn man sie so nennen wollte, aßen. Einzelne Teile waren noch recht hart, aber der Hunger trieb es hinunter.

Richtig satt waren wir nicht und suchten nach dem Proviant von zu Hause. Vielleicht war noch etwas da. Ja, ein paar Kekse und – Himbeerbonbons. Aber was krabbelte denn da auf den Himbeerbonbons und daneben und an den Zeltwänden und unter unseren Füßen? Ja, oh, überall!

Da das Zelt keinen Boden hatte (so ein teures sollte es damals nicht sein), sahen wir die Gänge und Straßen der kleinen Krabbeltiere. Ja, wir hatten das Zelt auf einem Ameisenhaufen erbaut. Zunächst war nichts davon zu sehen gewesen, aber die Himbeerbonbons, die hatten die kleinen Krabbler angelockt. Wir waren zu müde, um das Zelt an einer anderen Stelle aufzubauen. Wir legten uns auf unsere Luftmatratzen, die schlecht und recht Luft hielten, und schliefen eine Runde.

3. Episode

Bis der Erste nach dem Toilettenpapier fragte. »Haben wir noch das Toilettenpapier oder ist das auch weggeflogen?« Nach und nach ging es ab ins Toilettenhäuschen, das doch ein ganzes Stück entfernt war. Michael, den Kleinsten, hatte es zuerst erwischt. Die »Gardakrankheit«, wie uns eine Dame in der Nähe der Toilette erklärte. »Da müssen alle durch«, sagte sie, »aber in drei Tagen ist alles vergessen.« Oh Gott, drei Tage – wir fünf immer abwechselnd auf dem Klo – ein schrecklicher Gedanke. Unser mitgebrachtes Toilettenpapier würde nicht reichen.

»Vielleicht müssen wir nur etwas Ordentliches essen«, meinte Horst. Wir haben ja nichts im Magen. Unsere Kocherei scheiterte an der Stromzufuhr. Auch unser Versuch, Nudeln zu garen, scheiterte. Immer wieder stand der Ventilator still und das hieß: Wir hatten wieder keinen Strom.

»Heute gehen wir essen.« Es gab wohl ein Geschäft am Rande des Campingplatzes, in dem wir Brötchen kaufen konnten, Nudeln usw., aber um zu speisen, machten wir uns auf den Weg in die kleine Stadt.

Zunächst studierten wir die Speisekarten der verschiedenen Lokalitäten und dann erschien uns ein Restaurant geeignet. Wir wollten alle Spaghetti mit Tomatensoße essen und freuten uns. Dann kam die Mitteilung des Kellners in gebrochenem Deutsch: »Spaghetti – nur als Vorspeise.« Wieso Vorspeise? Spaghetti, das war für uns eine Hauptspeise – und was für eine! Einen ganzen Berg Spaghetti wollten wir und nichts anderes.

Gut, das ging ja nicht, und so bestellten wir zusätzlich noch ein Hauptgericht. Was wir im Einzelnen bestellten, war uns nicht so ganz bewusst, denn die Speisekarte kannte nur die italienischen Namen.

Was wir trinken möchten? Egal, etwas Kaltes, und jetzt haben wir Hunger. – Dann kamen die Spaghetti. Für jeden von uns ein riesengroßer Teller mit einem kleinen weiß-roten Klecks in der Mitte. Die Kinder schauten erschrocken. Das war ja nur eine Gabel voll! Einen ganzen Berg hätten wir verdrücken können. »Esst mal, das Hauptgericht kommt ja noch.« Die »Hauptgerichte« waren für uns »unbekannte Dörfer«.

Die Kinder stocherten lustlos herum und richtig munter wurden wir erst, als die Rechnung kam: Horst ist schnell im Kopf und rechnete sofort aus, was wir da in DM ausgegeben haben.

Auf dem Nachhauseweg spendierte er uns noch ein Eis und dann sagte er: »Das war das erste und einzige Mal, dass wir zum Essen ausgegangen sind. Wir haben ja schließlich einen ‚Kocher‘.«

4. Episode

Am nächsten Tag war der Wohnwagen neben uns verschwunden und unser Kocher funktionierte besser. Wir hatten Strom und das Wasser kochte. Heute sollte es Ravioli geben und die wurden richtig toll heiß. Bisher hatten wir gleich neben dem Kocher auf dem Boden gegessen und nun deckte ich den Tisch.

Der Tisch war orangefarben und das erste Teil unserer Campingausrüstung gewesen. Orange war unsere Lieblingsfarbe. Die vier Klappstühle, die wir einige Zeit später erstanden hatten, wurden dazugestellt und passten farblich hervorragend, denn im Segeltuchstoff der Stühle war ein Streifen orange. Bitte Platz nehmen! Aber was war das? Das waren Schalensessel, die von der Höhe her nicht zum Tisch passten. Der Topf mit den Ravioli stand auf dem Tisch und wir saßen förmlich darunter. Wieder mussten wir uns den Teller auf den Schoß stellen und unsere Nachbarn lachten. »Kommt, wir essen im Zelt«, sagte Horst und wir verschwanden im heißen Zelt. Aber wer lässt sich schon gerne auslachen. Das hatten wir nicht bedacht beim Kauf, dass die Stühle zum Tisch passen sollten.

Es war sehr heiß, auch in der Nacht. Das Wasser im See war im Grunde auch lauwarm und der beliebteste Gang war der zur Eisbude. Wir hatten wohl eine Kühltasche, aber diese war nur auf der Fahrt kühl, denn da waren die Eiswürfel noch nicht geschmolzen und kühlten die Getränke. Unsere Ausrüstung war sehr bescheiden. Das fing schon morgens an. Bevor die Butter, die ich im Laden erstand, in der Nähe des Zeltes war, schmolz sie dahin. Ein Butterbrötchen, früher eine Selbstverständlichkeit, war für uns ein Traum. Wir aßen Brötchen mit warmer Marmelade.

Dann hatte ich die Idee: Ich bestellte Mann und Kinder zum Einkaufsladen. Auf einem Mauervorsprung vor dem Geschäft schnitt ich die Brötchen auseinander und dann kaufte ich die Butter, die sofort auf die Brötchen geschmiert wurde. Da kam auch schon meine Familie. »Hm, Butterbrötchen mit Erdbeermarmelade. Eine Köstlichkeit! Das machen wir jetzt immer so.«

Am Nachmittag hörten wir eine Glocke. »Da kommt der Eismann!«, riefen die Leute. »Mama, Mama, der Eismann kommt. Wir brauchen doch auch Eis. Dann können wir unsere Cola schön kalt trinken.«

Schnell mit der Kühltasche zum Eisauto. Aha, das Eis gibt es nur in Blöcken! Ja, dann nehme ich einen Block. Gut, die Kühltasche war voll Eis und kalt. So einfach ist die Sache nicht mit dem Kühlen. Wir mussten warten, bis das Eis so weit weggetaut war, dass man eine Flasche zur Kühlung auf das Eis legen konnte. Oh, wie bescheiden waren wir.

5. Episode

Dann in der Nacht kam urplötzlich ein Unwetter. Es donnerte und blitzte, und vor allen Dingen: Es hagelte. Der Sturm riss an unserem Zeit. Wir rannten von einer Seite zur anderen, immer dahin, wo sich die Zeltplane am stärksten wölbte. Solch ein Unwetter hatten wir noch nicht erlebt. Die Hagelkörner wurden immer dicker, und wenn sie unsere Hände trafen, die die Stange hielten, tat das sehr weh.

Die dicken Hagelkörner schlugen uns die Knöchel wund. Wir dachten beide an das Ende. Dann kam der Regen. Da unser Zelt keinen Boden hatte, schoss das Wasser durch das Zelt. Die Luftmatratzen, auf denen die Kinder lagen, wurden hin und her geschoben. Wären wir nur zu Hause geblieben, dachte ich, hier in der Fremde werden wir umkommen. Endlich ließ der Sturm nach. Unser Zelt hatte gehalten. Vorsichtig krochen wir hinaus. Unter uns war eine ganze Reihe von Zelten weggerissen worden. Es sah aus wie auf einem Schlachtfeld. Am Strand direkt war es am schlimmsten. Wohnwagen waren umgekippt, Autos demoliert und viele Zelte hatten nicht standgehalten.

Nun kam die große Aufräumaktion. Wir klopften die Haken wieder fest, die herausgerissen waren, und säuberten unsere Sachen, denn unser Boden bestand nur noch aus Schlamm. Alles musste raus und das Zelt sollte austrocknen.

Einen Tag später, als sich wieder alles etwas normalisiert hatte, sprach Susanne nachts im Schlaf. »Oje, sie ist ja so heiß wie ein Ofen.« Sie hatte Fieber. »Mama, mein Hals, mein Kopf, ich kann nicht schlucken.«

Bei der Zeltplatzleitung erfuhren wir, dass täglich von zehn bis zwölf ein Arzt kam, und wir hinterließen unsere Platznummer. Wir brauchten dringend einen Arzt. Er kam dann auch und stellte bei Susanne eine eitrige Mandelentzündung fest. Sie bekam Medizin und lag im Schatten herum.

Welch ein Urlaub! Gerade hatten wir die Gardakrankheit hinter uns und das schlimmste Unwetter aller Zeiten, und nun das kranke Kind.

Einen Tag später ging es Susanne etwas besser und sie wollte wieder zum Strand. Das war aber verboten. Mindestens drei Tage sollte sie nicht in die Sonne. »Wir spielen Karten«, sagten wir eines Abends, als vor Hitze niemand schlafen konnte, »aber wir brauchen Licht.« Horst ging stolz zum Auto.

Er hatte an alles gedacht. Er hatte sich bei seiner Firma eine Stablampe für den Urlaub geborgt und diese sollte zum Einsatz kommen. »Wo ist die Steckdose?« Oh Gott, die Lampe war so hell. Unsere Augen brannten. Von einer Minute zur anderen waren wir der Mittelpunkt des riesigen Zeltplatzes. Im Discozelt brannte vergleichsweise eine Funzel.

Leute näherten sich unserem Zelt und Stimmengewirr: »Das geht nicht. Das ist zu hell. Da machen wir uns die Augen kaputt.« So schalteten wir die Lampe wieder aus. Zum Glück hatte Peter eine Taschenlampe dabei und das war, kann man sagen, die Idealbeleuchtung.

6. Episode

Peter und Horst verschwanden nach dem Frühstück regelmäßig zum Tennisspielen. Sie hatten diese Sportart im Urlaub für sich entdeckt, und was jetzt wichtig war, das waren gute Tennisschläger. »Wir müssen uns unbedingt neue Tennisschläger kaufen, und du könntest mal unsere weißen Shorts und T-Shirts waschen.« Ja, wir hatten eigentlich nur noch schmutzige Sachen durch den Schlammschlamassel und beim Tennis sollte ja alles weiß sein und vor allem sauber. Gutherzig wie ich bin, verbrachte ich nun meine Freizeit im Waschraum und die Herren gingen einigermaßen gepflegt einher.

Die Haushaltsführung war ein Gewaltakt. Das Wasser musste herbeigeschafft werden, keine Kühlmöglichkeit, der Kocher, bei dem der Topf rutschte, keine Sitzgelegenheit, die zum Tisch passte, ein krankes Kind und ein Kind von zweieinhalb Jahren, bei dem man immer mit irgendwelchen Aufregungen rechnen konnte, die Ameisen im Zelt, die viele Wäsche durch den Tennisclub, meine Lernerei bis spät in die Nacht. Ja, das kam erschwerend hinzu. Ich lernte damals für die Stenografielehrerprüfung. Ich wollte selbst Stenografie unterrichten und dazu musste ich die Paragrafen der »Systemurkunde« auswendig können.

Diese Sache hatte ich mir für den Urlaub vorgenommen, denn zu Hause war ich ja wieder abends am Schreiben für eine Firma.

Dann wurde ich allerdings krank. Es kam ganz plötzlich. Ich wurde müde und mir war übel. Mir war so schlecht Irgendwann kippte ich einfach um – Kreislaufzusammenbruch. Horst verständigte den Arzt, aber ich bekam von allem nichts mit. Erst im Krankenhaus wachte ich wieder auf. Als mir so schlecht war, hatte ich mir gewünscht zu sterben. Das fiel mir ein, als ich erwachte, und ich schaute mich um.

An meinem Bett saß ein junger Mann in einem blauen Nachthemd. Als er sah, dass ich meine Augen öffnete, deutete er auf sich und sagte: »Angelo.« Ja, durchfuhr es mich, ich bin im Himmel. Das ist ein Engel – ein italienischer.

Aber gleich, als ich das gedacht hatte, wusste ich, dass es Blödsinn war. Natürlich lebte ich. Ich war nicht tot. Der Engel rief etwas in italienischer Sprache und zwei große, starke Krankenschwestern stürmten ins Zimmer.

Ich musste mich auf die Beine stellen, sie hakten mich unter und ab ging es in die Kapelle. Dort knieten wir nieder. Viel lieber wäre ich in meinem Bett geblieben, denn mir war wieder übel, aber sie hielten mich eine ganze Weile in Schach. Dann erfolgten der Rücktransport und das Betten.

Sie schimpften mit mir, weil ich immer wieder versuchte, mich hinzulegen. Ich sollte aber sitzen und wollte es nicht recht begreifen. Ich rutsche nach unten und sie zogen mich wieder hoch. Endlich begriff ich: Nicht liegen, sondern sitzen. Niemand konnte ein kleines bisschen Deutsch oder Englisch. Was war mit mir los?

Dann kam wieder ein Sturm, nur diesmal war ich im sicheren steinernen Krankenhaus, aber meine Lieben waren den Naturgewalten ausgesetzt. Ich wusste nicht, dass es noch etwas Schlimmeres gibt als im Zelt bei einem Unwetter, bei dem es um das Überleben geht. Im Krankenhaus zu liegen und nicht zu wissen, was sich im Zelt abspielt, das war noch schlimmer. Am liebsten wäre ich losgelaufen, aber ich hätte die Richtung nicht gewusst.

Am nächsten Tag kam meine Familie. Alle waren wohlauf. »Ruhe dich aus«, meinten sie. »Wir schaffen das schon ohne dich.« Ja, irgendwie geht es immer weiter. Nach drei Tagen durfte ich nach Hause. Es war eine Lungenentzündung, die ich mir irgendwie eingefangen hatte. Das beladene fertig gepackte Auto stand vor dem Krankenhaus. Es sah doppelt so chaotisch aus wie bei unserer Anreise, aber wir lachten alle und freuten uns auf zu Hause.

»Ach, so schlecht war der Urlaub doch nicht«, sagten alle. »Bis auf so ein paar Kleinigkeiten war doch alles wunderbar.«

Der Fleischtransport

Kurz vor Ostern schlachtete meine Großmutter immer ein Lämmchen. Da es für eine Familie zu viel Fleisch war, wurde es mit einer bestimmten Familie geteilt. Das ging jahrelang so. Diese Familie war allerdings inzwischen nach Gießen gezogen und nun wurde überlegt, wie das halbe »Zickl« nach Gießen kommt. Da ich damals noch jeden Tag zur Handelsschule fuhr, kam man auch bald auf die Idee, dass ich das halbe Lamm überbringe.

Es war zu der Zeit, als ich noch kein Zimmer in Gießen hatte und jeden Morgen den 6-Uhr-Bus nehmen musste. Zu einer späteren Stunde fuhr kein Bus mehr und auch Richtung Heimat fuhr nur ein einziger Bus um 18 Uhr.

Meine Großmutter wickelte das halbe Tier in Packpapier und schnürte es zusammen. In der einen Hand den Schulranzen und in der anderen Hand das Fleischpaket, so ging ich los. Bis zum Bus ging es gut.

Im Bus war es warm, und weil das Fleisch ja noch frisch und feucht war, durchweichte das braune Packpapier und fiel mit der Kordel ab. Oh – schrecklich. Wie sollte ich das Fleisch transportieren? Es war feucht und glitschig. Meine Großmutter hatte nicht darauf geachtet, dass das Innere des Tieres ausgetrocknet war. Da es mir immer wieder aus der Hand rutschte, musste ich es mir über die Schulter legen. Nur so konnte ich es transportieren.

Mein Kleid war rot von der Flüssigkeit aus dem Inneren und mein Ärmel war durchweicht. Es waren wohl auch noch Innereien vorhanden gewesen. Schwer war es auch. Die Leute, die mich so sahen, schauten schockiert. Das half mir nichts. Da musste ich durch. Ich schleppte mich mit dem Osterbraten durch die Straßen bis zur Wohnung der befreundeten Familie im vierten Stock. Dort wurde ich endlich meine Fracht los.

Nun kamen die Schulstunden und meine Kleidung trocknete nach und nach. Sie wurde hart und rau. Ich roch unangenehm und nahm mir fest vor, im nächsten Jahr den Fleischtransport auf keinen Fall zu übernehmen.

Es gibt Dinge, die vergisst man nie.

Der Himmelfahrtstag – der Vatertag

Der Tag von Christi Himmelfahrt war schon in meiner Kinderzeit ein ganz besonderer, sehnlich herbeigewünschter Tag, denn in Schellnhausen, ganz in der Nähe von Ermenrod, war an diesem Tag ein Fest. In meiner Jugendzeit ging ich zum Himmelfahrtstanz. Für meinen Mann Horst war dieser sogenannte Vatertag auch ein Freudentag, denn er traf sich mit seinen Freunden zum Wandern.

Es war ein fester Kreis, der alljährlich diesen Tag für eine Herrenpartie nutzte. Frauen waren dabei nicht erwünscht. Väter waren sie damals auch noch nicht alle, aber das Wichtigste war das Wandern und vor allen Dingen das »Einkehren«.

Zunächst wanderten sie von Alsfeld aus auf dem »Promilleweg« nach Eudorf. Dort wurden die ersten Gläser Bier als »Frühschoppen« geleert. Nun war man schon gut drauf – was kost' die Welt? Es ging weiter über die Flohrs Höhe nach Eifa. Auf der Hardtmühle gab es Eier mit Speck. Diese gute Grundlage brauchten die Herren für den weiteren Bierkonsum. Das ganze Jahr über wurde übrigens von dieser einmaligen Mahlzeit auf der Hardtmühle geschwärmt. Kein weibliches Wesen konnte Eier mit Speck so zubereiten, wie es auf der Hardtmühle serviert wurde. Nach dem Essen kam eine Reihe von Schnäpsen auf den Tisch, damit man den Speck gut verdaute, und dann schmeckte das Bier auch wieder.

Nun ging die Wanderung über den Homberg zurück nach Alsfeld – mit Hut und Stock und Trallala. – Ja, wer kommt denn da laut singend am späten Nachmittag in die Heimat zurück? Der Vater Horst. Was er und seine Freunde jetzt brauchten, war eine große Tasse starker Kaffee.

Es konnte aber auch vorkommen, dass das Telefon klingelte und nach einer undeutlichen Positionsangabe die Frage kam: »Kannst du uns abholen?« – Dann hörte man mehrere unterschiedliche lallende Angaben. Ich fand sie auch immer, die lustige Truppe, aber es dauerte oft lange, bis sie alle im Auto verstaut waren bzw. bis ich sie vor der heimatlichen Haustüre wieder draußen hatte – die Väter und die, die noch welche werden sollten.

Der Keglerausflug an den Rhein

In jedem Jahr stand ein Ausflug an, bei dem die Frauen oder Freundinnen zu Hause blieben. Die Kegler wollten nur unter sich sein. Diesmal sollte es nach Rüdesheim gehen und die ganze Mannschaft freute sich.

Meist wurde ja bei den Ausflügen Bier getrunken, und nicht gerade wenig. Diesmal wollten sie den Rheinwein probieren, und zwar die Lagen um Rüdesheim und den bekannten Rotwein aus Assmannshausen. Die weltberühmte »Drosselgasse« wollten sie am Abend unsicher machen. Sie verstanden eigentlich alle nicht viel vom Weinanbau und den Rebsorten, aber das sollte sich ändern. Es stand eine Führung an und als Weinexperten würden unsere Kegelknaben zurückkommen.

Mein Kegler Horst brauchte dringend ein paar Schuhe und die kauften wir noch vor dem Ausflug, denn mein Mann sollte einen guten Eindruck machen im Rheingau. Und dann ging's los mit Hut, Schlips, Portemonnaie und guter Laune.

Lange wurde nicht gewartet, bis die ersten Getränke anrollten. Hin und wieder war einer dabei, der keinen Wein trank, aber die anderen wollten doch hier am Rhein auch den traditionellen Wein genießen. Horst war bei den Weintrinkern, aber er war enttäuscht. Der Wein schmeckte ihm nicht. Wenn wir zu Hause Wein tranken, hatten wir Besuch und der Wein war süß und schwer. So war es hier nicht. Man trank den preisgünstigen »Hausschoppen« und wurde mit der Zeit leutselig und unternehmungslustig. Horst tat sich schwer mit dem Prosten. Es schmeckte ihm ja nicht.

Plötzlich las er auf einem Schild: »Erdbeerwein«. Das war ja eine andere Richtung, aber er probierte. Hm, das war ganz sein Geschmack. Es fiel auch niemandem auf, denn er prostete jetzt freudig mit. Schön süß und süffig war der Erdbeerwein. Jetzt durfte es auch ein Glas mehr sein. Dann probierte er den »Heidelbeerwein«, der auch im Angebot war. Oh, der schmeckte ja noch besser. Bei dem vollen, fruchtigen Geschmack des Heidelbeerweins wollte er bleiben. Alle Menschen um ihn herum wurden Freunde, die Mädchen wurden immer hübscher, alle Kegler waren seiner Meinung und mehr konnte er nicht erzählen.

Heim kam er damals allerdings ohne seine schönen neuen Schuhe.

Wo sie abgeblieben waren, ist bis heute ein Rätsel. Horst war damals nicht im Bus, als man die Heimfahrt antreten wollte. Wer hatte ihn denn zuletzt gesehen?

Große Ratlosigkeit. Jeder war froh, dass er selbst im Bus war, und nun konnte ja nichts mehr schiefgehen. Ja, wo konnte denn der Horst sein? Eine ganze Weile schon habe er nicht mehr in der Runde gesessen, aber man erinnerte sich irgendwie an ihn. Er war auf alle Fälle am Anfang dabei gewesen und irgendwo musste er ja sein.

Sein Kegelbruder Herbert fand ihn – auf einer Bank am Rhein. Da lag er jedenfalls und ließ sich zum Bus abführen. Was für ein Glück! »Hallo Horst!« Da schlief Horst aber schon wieder ein.

Sie hatten mir also meinen Horst wieder mit nach Hause gebracht, die Kegelbrüder, und ich war sehr dankbar. Dass die Schuhe fehlten, merkten wir erst einen Tag später. Ich dachte damals: »Wenn sie mir die neuen Schuhe mitgebracht hätten und Horst im Rhein ertrunken wäre, das wäre viel schlechter gewesen.«

Der kleine Retter

Es war in der Vorweihnachtszeit. Draußen war es kalt, aber bei uns in der Küche war es gemütlich. Susanne, drei Jahre alt, saß am Tisch und malte. Der kleine Peter war zwei und spielte mit den Bauklötzchen. Ich bügelte. Auf dem Tisch brannte eine Kerze und wir sangen Weihnachtslieder oder Kinderlieder.

Meine Schwiegermutter rief: »Moni, Telefon! Die Edda!« Wir hatten damals noch kein eigenes Telefon und telefonierten bei den Schwiegereltern. So, Edda. Ich stellte das Bügeleisen ab und rannte die Treppe hinunter. Früher rief man sich nicht an, um sich über das Wetter usw. zu unterhalten. Meist war etwas passiert, wenn ein Anruf kam. Ich war aufgeregt und da hörte ich auch schon Edda weinen. Es ging um ihre Scheidung und um das Kind, die kleine Jutta.

Ich redete eine Weile mit ihr und dann hörte ich Peter rufen, ganz laut und ängstlich: »Mama!« Schnell verabschiedete ich mich von Edda und rannte die Treppe hoch. Peter stand auf der obersten Stufe und sein Gesicht war ganz ernst. Er sagte: »Mama, Buch bennt.« Das waren drei Worte an einem Stück. Bisher hatte er nur Mama und Papa gesagt. Das dritte Wort, das er konnte, klang manchmal wie Auto, aber wir waren uns nicht sicher. Ich nahm ihn auf den Arm und rannte mit ihm in die Küche. Tatsächlich! Susannes Malbuch brannte mitten auf dem Tisch. Die Flamme war schon ganz hoch und Suschen schaute fasziniert zu, was sich da vor ihr abspielte. Die Gefahr hatte der kleine Peter erkannt.

Ich warf das brennende Malbuch in die Spüle und ließ Wasser darüber laufen. Susanne protestierte. Was passierte da mit ihrem Malbuch?

Ich hatte mich unmöglich verhalten. Die Kerze hätte ich auf alle Fälle ausblasen müssen, bevor ich die Wohnung verließ, aber dank dem kleinen Peterle war nichts passiert. Nun lobte ich ihn und Oma lobte ihn, und als Papa nach Hause kam, wurde seine Tat nochmals gewürdigt.

Der Mauerbau

Es war ein Sommertag im Jahre1961. Unsere Volkstanzgruppe war unterwegs, und zwar in Kassel. Dort war ein großes Fest. Wie marschierten in einem Umzug durch die Stadt in unseren blauen Trachtengewändern. Vor uns war eine Musikkapelle und unsere Schritte fielen aus diesem Grund gleichmäßiger und schwungvoll aus. Ich hatte an diesem Tag Probleme mit einem meiner Kniestrümpfe, denn er rutschte immer wieder in den Schuh und ich musste an den Straßenrand laufen und mir den Strumpf richten. Wenn ich das auf der Straße gemacht hätte, dann wäre der Zug ins Stocken gekommen oder man hätte mich überrannt.

Damals waren wir schon etwas umzugsgewohnt, d. h., wir richteten uns nach der Kapelle vor uns. Es kam vor, dass hinter uns ebenfalls eine Kapelle spielte, und es war nicht einfach, den richtigen Tritt bzw. Takt aufzufangen. Manchmal war es eine riesengroße Stolperei, bis wir einen einheitlichen Gang gefunden hatten.

Die Heimfahrt war für 20 Uhr geplant. Nach dem Tanzen an verschiedenen Orten schlenderten wir in kleinen Gruppen auf dem Festgelände umher. Am Rande des Geschehens – in einem kleinen Wäldchen – wartete unser Bus.

Als ich mich, zusammen mit Gisela, dem Bus näherte, empfing uns nicht wie gewohnt eine ausgelassene Jugendgruppe mit Scherzen und Gelächter. Nein – nur eine Stimme war zu hören. Sie gehörte einem Radiosprecher. Alle lauschten und wir kamen näher und hörten zu. Da war etwas passiert. Der Mauerbau hatte begonnen. Eine Stadt wurde getrennt. Stein auf Stein – und niemand konnte etwas dagegen tun. Die Gesichter der jungen Leute waren ernst. Komisch, dachte ich. Um was geht es? Da fiel das Wort »Berlin«. Ja, natürlich, viele hier im Bus waren aus Berlin. Was war da mit Berlin?

Dass Berlin aus zwei Teilen bestand, das wussten wir ja, aber nun wurde mitten durch die Stadt eine Mauer gebaut. So richtig begriff ich das nicht. Es war weit weg. Meine Kameraden rundherum waren betroffener. Sie schauten ungläubig und fragend und hilflos. Es war ja ihre Stadt. Sie waren dort aufgewachsen und hatten alle Beziehungen – auch in den Osten der Stadt. Da wohnten Verwandte.

Die jungen Leute im Jugendheim redeten nie von früher. Weder ihre Familien waren ein Thema noch ihr bisheriges Leben in einem anderen Heim.

Ihr jetziges Leben in Groß-Felda stand im Vordergrund. Darum ging es immer nur. – Aber heute war alles anders. Niemand sagte ein Wort. Man merkte jedem an, dass er weit weg von Groß-Felda war. Sie waren alle wieder in Berlin, ihrer Stadt, und sie waren bedrückt und hilflos.

Mit Gisela wollte ich eigentlich im Bus ein Lied üben. Die Stelle »Der Löwe schläft heut Nacht« sang ich immer wieder falsch und sie meinte: »Wir üben im Bus.«

Wir übten nicht im Bus und es sang niemand mehr an diesem Abend – es war eine traurige Heimreise.

Der Schwarzwaldurlaub

Ach, es ging mir nicht gut. Die Aufbauspritzen bei unserem Hausarzt hatten nichts gebracht. Immer war ich unbeschreiblich müde und der Kreislauf machte schlapp. »Sie brauchen mal eine Kur«, sagte der Doktor. »Ich schicke Sie weg.« – »Nein, nein, auf keinen Fall. Es wird schon irgendwie gehen. Ich mache mit meinem Mann Urlaub.« – »Ja, aber ohne die Kinder. Denken Sie mal nur an sich. Ein Urlaub mit drei Kindern ist für eine Mutter kein Urlaub.«

Er hatte ja recht, aber ich bin eine Glucke und am liebsten mit meinen Küken zusammen. Dann sprach der Arzt mit Horst und riet ihm, einmal mit mir alleine zu verreisen. Ja, so kam es, dass wir zwei in den Schwarzwald fuhren. Oma kümmerte sich um die Kinder.

Schon die Fahrt war für mich gewöhnungsbedürftig. Niemand saß auf meinem Schoß, was eine gewisse Leere für mich bedeutete. Ich kam mir wie ein halber Mensch vor. Auch im Fußraum hatte ich ungewöhnlich viel Platz, da dort sonst immer alles stand, was nicht mehr in den Kofferraum ging. Wir fuhren halt und hatten den guten Willen, uns zu erholen.

Die Rasselbande war zu Hause. Hoffentlich klappte alles mit den Hausaufgaben. Ausschlafen wollte ich mich auf alle Fälle im Schwarzwald, denn zu Hause schrieb ich ja die halbe Nacht für eine Firma – eine Art Heimarbeit. Die Landschaft war wunderschön, aber meine Gedanken waren in Alsfeld: Jetzt ist die Schule aus, und morgen sind die Bundesjugendspiele …

Ach, war das eine Ruhe im Auto! Nur leise Musik aus dem Radio. Kein Gequengel und Gerangel auf den hinteren Sitzen. Kein »Wann sind wir endlich da?«, kein verschütteter, klebriger Saft, kein »Ich muss mal dringend«.

Dann kamen wir im Hotel an. Diesmal alles anders. Nur zwei Menschen im Aufzug. Keine Panik: »Wo ist der rote Koffer?« – »Wo ist der Kleine?« – »Fall da nicht rein!« – »Bleib schön bei uns!« Alles ruhig. Zu ruhig für mich. Ja, jetzt hätte ich schlafen können, aber ich war nicht müde. Zuerst zu Hause anrufen, ob alles in Ordnung ist. »Ja, alles ist in Ordnung. Die Kinder spielen, der Hund sucht euch.« Na ja – er wird sich daran gewöhnen, dass wir nicht da sind.

Dann kam das Abendessen. Komisch, ich war nicht hungrig. Was gab es denn zu essen? Ich überlegte, was wohl Susanne ausgesucht hätte und Peter. Wahrscheinlich hätten sie Nudeln gegessen. Das war ein Abendessen. Kein Glas fiel um, keine Suppe verkleckerte, kein Ärmel hing in der Soße. Es war für uns alles sehr gewöhnungsbedürftig.

So vergingen zwei Tage, die »erholsamen Tage«. Am dritten Tag gingen wir an einem Spielwarengeschäft vorbei. »Horst, schau, das ist die Ritterburg, die sich die Kinder wünschen.« Eine Playmobil-Cowboystadt hatten sie schon, aber die Ritterburg, die war ihr Traum. »Wollen wir den Kindern die Ritterburg mitnehmen, wenn wir nach Hause fahren?« – »Hat denn jemand Geburtstag? Einfach so? Sie sollen bis Weihnachten warten.« – »Ach, die Kinder würden sich doch so freuen. Wir fahren eher heim. Was die Ritterburg kostet, sparen wir an den Hotelkosten wieder ein.«

Nach ausgiebigen Diskussionen auf einem langen Spaziergang war die Sache perfekt. Morgen reisen wir heim mit der Ritterburg im Kofferraum. Das wird eine Überraschung sein. Nichts ist schöner, als mit einem Geschenk heimzukommen. Dann noch mit so einem besonders tollen. Im Geiste sah ich meine kleine Bande auf dem Boden sitzen und einträchtig die große schöne Ritterburg aufbauen mit den Rittern und Schmucktruhen und Schwertern. Keine Stunde bleibe ich mehr im Schwarzwald. Nur heim – nur heim – mit der Überraschung.

Ehrlich gesagt, wir fahren immer eher nach Hause als geplant. Warum? Das ist wahrscheinlich unser Tick. Natürlich hat das einen Grund: Zu Hause ist der allerbeste Platz auf der Welt und ich bin überzeugt davon, dass die Menschen nur aus einem Grund in den Urlaub fahren: Es ist so schön, nach Hause zu kommen.

Der Unfall im Zoo

Einmal waren wir alle zusammen im Zoo und das war ein Erlebnis für die Kinder. Frankfurt – das war Zoo oder Flughafen. Einmal waren wir auch im Senckenberg-Museum gewesen und das hatte ihnen auch gefallen, besonders der riesengroße Dinosaurier.

Da ich nun bald mein Studium in Frankfurt beginnen würde und ich nicht gerne alleine nach Frankfurt fahren wollte, hatte Horst die Idee, dass ich die erste Fahrt zusammen mit ihm und den Kindern unternehme. Das war mir sehr recht, denn ich war mir doch noch sehr unsicher bezüglich der Fahrtroute durch Frankfurt. »Das erste Mal fahren wir alle zusammen und während ich in die Schule gehe, geht ihr in den Zoo.« Das war die Ideallösung. Wir freuten uns alle.

Ich merkte mir die Strecke, denn das nächste Mal würde ich alleine im Auto sitzen. Ein schneller Abschied vor der Schule, denn hier konnte man nicht lange halten. »Tschüss und einen schönen Tag im Zoo!«

Der Tag verging mit vielen neuen Eindrücken für mich und bald kam meine Familie angebraust, um mich wieder mit nach Hause zu nehmen. Aber … was war denn los? Kein freudiges Geschrei. Hatten sie denn keinen schönen Tag im Zoo verlebt?

Kleinlaut kam nun die Geschichte nach und nach heraus. Am Anfang war alles gut, die Affen waren besonders lustig und das erste Ziel. Horst alleine mit drei Kindern. Zwei davon waren eigentlich schon sehr selbstständig. Auf den kleinen musste man nur noch so richtig gut aufpassen. Er war drei. Irgendwann musste er zur Toilette. Zu Hause ging das schon alleine, aber hier war alles fremd und die Hose hatte einen Reißverschluss.

Also musste Horst mit hinein zum Pipimachen, und da bei Horst alles sehr schnell gehen muss und Michael ihm zu lange herumfummelte, packte er selbst den Reißverschluss und ratsch sollte die Hose zu sein. Das war sie nicht, denn der Verschluss klemmte. Michael schrie vor Schmerzen aus Leibeskräften. Das, was eigentlich schon wieder in der Hose hätte sein sollen, war noch draußen und hing jetzt im Reißverschluss fest. Was nun? Horst traute sich nun nicht mehr ran. Er wollte nicht noch mehr Schaden anrichten.

Er packte den schreienden kleinen Kerl und rief nach der Ambulanz. Man zeigte ihm den Weg und er rannte los. Das Kind hielt er hoch über dem Kopf.

Die beiden Geschwister rannten hinterher – zur Rotkreuzstation. Dort wurde Michael nun verarztet. »Ja, das tut bestimmt sehr weh.« Fachmännisch wurden Hose und Hosenmatz getrennt. Die kleine Wunde wurde versorgt und Horst war zunächst mit den Nerven fertig.

Ja, jetzt waren wir wieder alle vereint und nach und nach kam doch noch etwas Ausflugsstimmung auf.

»Michael, willst du bald wieder mit nach Frankfurt fahren in den Zoo?« Er schüttelte den Kopf, denn er hatte erst mal genug von den Strapazen.

Die Aufregung im Phantasialand

»In diesem Jahr wird es nichts mehr mit dem Urlaub, jedenfalls nicht in den Sommerferien«, so kam Horst eines Tages nach Hause. Enttäuschte Gesichter waren die Antwort. Ja, unser Urlaubsquartier war belegt. »Vielleicht fahren wir in den Herbstferien weg.« Das war kein Trost für die Kinder, denn bis zu den Herbstferien das war ja eine Ewigkeit.

»Wir könnten doch wenigstens in den Freizeitpark fahren«, meinte Peter. Er sollte für die Schule aufschreiben, was er in den Sommerferien gemacht hat. »Was soll ich denn schreiben? Wir haben ja nichts gemacht!« Tatsächlich waren die Sommerferien zur Hälfte rum und wir hatten in der Tat nichts erlebt, worüber man einen Aufsatz schreiben könnte.

Das war eine gute Idee mit dem Freizeitpark. »Ja, das machen wir.« Große Freude bei Eichlers. Zwei Kinder aus der Nachbarschaft, die gerade anwesend waren, wollten natürlich auch mit. »Ja, ihr dürft auch mit. Wir legen die Sitze um und da haben fünf Kinder Platz.« Hurraaaaa – die Freude hatte sich verdoppelt.

Es dauerte nicht mehr lange und unser Ausflug sollte starten. Es war ein Sonntag. Kartoffelsalat war bereit, die Würstchen wurden verpackt. Das war immer unser Ausflugsessen. Decke ins Auto, fünf Kinder drauf – und ab geht die Post.

Michael war damals drei und eigentlich »sauber«. Hin und wieder vergaß er in brenzligen Situationen allerdings den Gang zur Toilette, und dann war es passiert. Ja, wenn er beim Spielen gerade in einem Versteck war, wie sollte er dann an solche Nebensächlichkeiten denken? Dann war es, wie es war und eh zu spät. Niemand dachte heute an eine Windel für Michael, den großen Jungen, der schon alles konnte.

Mit Gesang und Trallala fuhren wir über die Autobahn. Nun standen wir eine Weile an, um die Eintrittskarten zu lösen, aber wir hörten schon das fröhliche Geschrei der Kinder, die bereits am Toben waren, und so war das Warten erträglich. »Jetzt geht's los! Muss noch jemand aufs Klo?« Nein, kein Mensch musste aufs Klo. Da würde man ja was verpassen.

»Was machen wir zuerst?« – »Mama, Mama, eine Wildwasserbahn! Das wollte ich schon immer. Das machen wir zuerst.« – »Ja, ist das nicht gefährlich?«

»Wie alt ist der Kleine?« – »Drei.« – »Oh.« – »Die Großen halten ihn. Er sitzt in der Mitte. Ja, wir passen auf ihn auf. Horst, hast du den Fotoapparat?«

Welch ein Erlebnis! Ein ausgehöhlter Baumstamm nahm die Kinder auf und weg waren sie. »Hoffentlich geht alles gut. Siehst du sie?« – »Da kommen sie wieder – Gott sei Dank! Alle sitzen noch und freuen sich.« Zum Höhepunkt der Wildwasserfahrt wurde das Boot hochgezogen und rauschte in einem Wasserfall nach unten. Mein Herz klopfte laut, aber alles ging gut. Die Boote wurden langsamer und legten an.

Die Kinder stiegen aus und überschlugen sich vor Begeisterung – bis auf den Kleinen. Was war passiert? Er schaute traurig drein und dann sahen wir auch schon das Malheur. Ja, überall war Wasser und da war es passiert. Die Aufregung kam dazu. Die Hose war nass. Hätte ich ihm doch noch eine Zweithose mitgenommen! Jetzt war es zu spät. »Horst, wir müssen dem Kleinen eine Hose kaufen. Was sollen wir denn machen? Wir sind doch erst angekommen und haben den Tag noch vor uns.«

Zwei Erwachsene und vier Kinder machten dem kleinen Mann Vorwürfe und er weinte. Die Kinder waren der Meinung, dass er ruhig heulen sollte. »Er hat uns alles verdorben. War das jetzt alles wegen dem?« Ich war ja so verzweifelt, denn die Mutter hat immer Schuld bei solchen Sachen.

Da kam mir eine Idee. Zunächst muss das nasse Zeug runter. Ich ging mit ihm hinter einen Busch und zog ihn aus. Dann zog ich meinen gestrickten Pulli aus und Michael stieg mit seinen Beinen in die Ärmel. Mit einem Gürtel befestigten wir den Pulli über der Brust und er zog seine Jacke darüber. Nun sah es fast so aus, als habe er gestrickte Höschen an. »So muss es gehen.«

Wir redeten ihm zu, dass er so prima aussehe, und er war erleichtert, die nassen Sachen los zu sein. Der Tag war gerettet.

Es wurde ein wunderschöner Ausflugstag, der hin und wieder durch Toilettengänge unterbrochen wurde. Auf der Heimfahrt ging es ruhiger zu. Michael war in seiner gestrickten Hose eingeschlafen, Peter hatte sicher etwas erlebt, das er in seinem Aufsatz über die Ferien verwenden konnte. Die aufregende Geschichte mit seinem kleinen Bruder bei der Wildwasserbahn schrieb er nicht. Das war ihm doch zu peinlich.

Die dicke Frau

Mein ganzes Leben lang teile ich mit einer Person mein Schlafgemach. Als Kind schlief ich bei meiner Großmutter im Bett, und als ich zwölf Jahre alt war, bekamen wir ein richtiges Schlafzimmer. Bis zu meiner Heirat schlief ich mit Oma im Doppelbett. Nun schlief mein Mann Horst neben mir und das hatte den Vorteil, dass ich mir bei ihm meine Füße wärmen konnte. Bei meiner Oma hatte das nicht geklappt, vielleicht aus anatomischen Gründen, oder sie hatte keine warmen Füße. Bei Horst klappte das vorzüglich, denn er hat nachts Füße wie Wärmflaschen. Wenn ich warme Füße habe, schlafe ich fest.

Horst schlief damals schlecht. Er wachte oft auf, denn er hatte Albträume. Wenn er dann feststellte, dass er in seinem Bett lag, konnte er sofort wieder einschlafen.

»Was träumst du denn immer, wenn du so erschrocken aufwachst?« Er sagte nichts und tat die Sache als unwichtig ab. Der Traum kam immer wieder und mit der Zeit wachte ich auch mit ihm auf. »Es ist nichts«, sagte er nur. – Dann irgendwann, als wir schon lange verheiratet waren und er mir anscheinend vertrauen konnte bzw. Mut gefasst hatte, erzählte er mir seinen Albtraum:

Horst wohnte als Kind in der Unteren Fuldaer Gasse in Alsfeld. Er hatte dort seine Spielkameraden und die verwinkelte Altstadt ist ja zum Toben und Verstecken ideal. Im Traum ist es so, dass er in der Nähe des Leonhardturms spielt und plötzlich kommt aus einem kleinen Haus in der Nähe des Turms eine ganz dicke Frau heraus und läuft ihm nach. Was er angestellt hat, das weiß er nicht, aber die Frau ist hinter ihm her. Die Frau kommt immer näher und hat ihn fast schon am Schlafittchen. Er läuft so schnell er kann zum Haus, in dem er wohnt, und kann sich gerade noch im letzten Moment hinter der Haustüre in Sicherheit bringen. Dann wacht er auf.

Nun war es heraus. Wir spazierten wenig später durch Alsfeld und schauten uns den »Schauplatz« seines Traums an. Es hatte sich eine Menge seit damals verändert. Wir gehen heute noch einmal im Jahr durch Alsfeld und immer wieder kommen die alten Erinnerungen zutage, aber leider kommt auch der alte schreckliche Traum hin und wieder zurück.

Die brennenden Fußsohlen

Michael, unser Jüngster, wollte immer alles können, was seine Geschwister auch schon konnten. Susanne oder Peter führten den Hund an der Leine, wenn wir in die Stadt gingen. Michael konnte den Hund noch nicht halten, denn er war erst vier. »Ich kann das auch – ich will die Leine halten!« So ging das und wir waren genervt. Hundertmal hatten wir ihm gesagt, dass er den Hund noch nicht halten könne. Er gab nicht auf.

Schließlich sagte ich: »Gib ihm die Leine und dann fliegt er hin, nur so gibt er Ruhe.« Keine drei Schritte und er würde auf der Nase liegen. Er konnte den Hund noch nicht halten. Davon waren wir überzeugt. – Da hatten wir uns aber alle drei getäuscht. Der Hund zog zwar kräftig und Michaels Schritte wurden länger und schneller. Er ließ weder die Leine los noch flog er hin. Er rannte wie der Teufel, denn der Hund erkannte seine Chance. Sie flogen an uns vorbei und Michaels Schuhsohlen klatschten auf den Asphalt.

Am Ende der Straße standen Hund und Kind. Michael hatte noch immer die Leine fest in der Hand, aber er weinte. »Was ist denn los? Warum weinst du denn?« – »Wir haben nicht gesehen, dass du gefallen bist.« – »Ich bin nicht gefallen, aber meine Fußsohlen brennen.« – »Ja, das tut weh.« – Den Hund wollte er seit dieser Zeit nicht mehr ausführen. Das war ihm doch zu anstrengend und »schmerzhaft«.

Die eigene Wohnung

»Welch ein Anfang! Alles ist da!« Diesen Ausspruch hörte ich oft von meiner Schwiegermutter. Meine Schwiegereltern hatten damals im Krieg geheiratet und an einen eigenen Hausstand war nicht zu denken.

Ja, wir hatten eine richtige Wohnung. Mehrere Räume nur für uns. Das war nicht selbstverständlich. Bei anderen Paaren, die heiraten mussten, war wohl ein eigenes Schlafzimmer vorhanden, in dem auch das Kinderbettchen stand, aber das Wohnzimmer und die Küche wurden zusammen mit den Eltern oder Schwiegereltern benutzt.

Ich war sehr stolz. Zum Hochzeitstermin war unser Reich bezugsfertig. Nun schätzte ich die Aussteuer, die meine Oma und meine Tante mir von meinem »Kostgeld« gekauft hatten. Zur Verlobung hatten wir schon einige Teile, die zu einem eigenen Haushalt notwendig sind, erhalten und nun würden wir zur Hochzeit von Anverwandten und Freunden noch die fehlenden Ausstattungsteile bekommen. Wir waren ganz gut ausgestattet. Auf dem Konto hatten wir allerdings keinen Pfennig mehr.

Nach und nach hatte ich mir in der Verlobungszeit ein Frühstücksservice gekauft. Es bestand aus einem Brotkörbchen, Milchkännchen, Zuckerdose und Butterdose. Mein Verlobter wusste davon nichts. Es war orangerot, aus Plastik mit weißen Blümchen, und ich fand es umwerfend. Hin und wieder kramte ich es hervor und versteckte es wieder, denn ich wollte meinen zukünftigen Mann am Hochzeitsmorgen damit überraschen. Er würde Augen machen! Ich sah uns beide im Geiste mit diesem wunderschönen Geschirr beim Frühstück sitzen. Danach würde ich einkaufen gehen und dann das Mittagessen kochen. Alles war durchdacht.

Am Morgen nach der Hochzeitsnacht war mein erster Gang in die Küche. Während mein Ehemann noch schlief, würde ich das schöne Geschirr herbeiholen und den Frühstückstisch decken. Gesagt, getan. Eine Kaffeemaschine hatten wir damals noch nicht. Das Wasser im Wasserkessel brauchte heute allerdings ewig. Wir tranken damals Pulverkaffee, der mit heißem Wasser zubereitet wurde. Die Platte des Herdes wurde nicht heiß.

Nun weckte ich meinen Ehemann: »Das Wasser im Kessel wird nicht heiß. Kann es sein, dass der neue Herd schon kaputt ist?« – »Was heißt kaputt«, sagte Horst, »der Herd ist noch nicht angeschlossen. Kochen kannst du heute noch nicht.«

Schade, ich hatte mich so auf das erste gemeinsame Frühstück gefreut. Bei den ganzen Hochzeitsvorbereitungen hatten wir nicht daran gedacht, dass der Herd auch angeschlossen werden muss. Wir frühstückten, wie sonst auch, bei den Schwiegereltern.

Fahrt in die alte Heimat

Wir Heimatvertriebenen waren 1946 in den Vogelsberg gekommen und wurden hier im Laufe der Jahre sesshaft. Meine Großmutter war 57 Jahre, als sie die alte Heimat verlassen musste, und in ihren Gedanken war sie in den ersten zehn bis 15 Jahren immer nur in Meedl und in Pinke im Sudetenland. Im Jahre 1965 zogen meine Großmutter und meine Tante in ein eigenes kleines Haus. Erst dann fand sie sich so richtig mit ihrem Schicksal ab. Sie wusste jetzt, dass sie nie wieder in ihre Heimat zurückkehren würde. Mit dem Einzug in ein eigenes Haus veränderte sie sich sehr. Als ich Kinder hatte, betreute sie diese sehr oft. Sie war ausgeglichen, zufrieden und glücklich. Sie haderte nicht mehr. Sie war in Groß-Felda zu Hause.

In ihrer Heimaterde wollte sie immer beerdigt werden, aber das war ihr nicht vergönnt. In den letzten Jahren ihres Lebens liebte sie das kleine Haus in Groß-Felda, sie hatte oft Besuch von Bekannten aus dem Dorf, sie spielte Karten und vor allen Dingen freute sie sich, wenn viele ihrer Verwandten zu Besuch kamen. Auch für meine Kinder war sie eine Oma wie aus dem Bilderbuch. Sie hatte immer Zeit für sie zum Kartenspielen und alles, was Kinder wünschen. Ich kannte alle Geschichten aus Meedl und aus ihren eigenen Kindertagen. Im Geist sah ich die Schule und den Stall mit den Kälbern vor mir.

Dann kam, als Oma schon einige Jahre tot war, eine Freundin meiner Tante auf die Idee, einmal in die alte Heimat zu fahren. Ich bekam auch Lust dazu und Horst wurde auch angesteckt. Mit unserem Auto wollten wir fahren und für uns wurde wahr, was meine Großmutter sich immer gewünscht hatte: Wir fuhren in die alte Heimat. Luise, die Freundin meiner Tante, war zu Hause in Meedl die Nachbarin gewesen. Es hätte nicht besser passen können.

Aus Omas Erzählungen kannte ich alles. Die wunderschöne Landschaft, die großen Steinhäuser, die breiten Straßen, die neue Werkstatt, den großen Gemüsegarten. Wie würde das nun alles nach so vielen Jahren aussehen?

Zunächst fuhren wir nach Hof an der Saale und besuchten Verwandte. Diese hatten Bilder von anderen Verwandten, die unser Haus und unseren Hof usw. fotografiert hatten. Oh, das sah ja nicht so aus, wie ich es mir vorgestellt hatte. Da waren ja Welten dazwischen. Gut – die Vertreibung lag nun 40 Jahre zurück.

Am nächsten Tag fuhren wir zunächst nach Böhmen in Horsts Heimat. Wir fanden den elterlichen Hof, von dem uns sein Vater so viel erzählt hatte. Ich hatte mir alles viel größer vorgestellt, aber es war so viel Zeit vergangen. Ein Teil des Bauernhofes war eingefallen und ich dachte mir: Gut, dass Opa es nicht so sieht. Der Fluss, der an seinem Grundstück vorbeiführte, war viel kleiner, als es in seinen Erzählungen geklungen hatte. Hier hatte Opa gearbeitet.

Nebenan war eine Gastwirtschaft, das stimmte. Hier hatte Opa sich nach getaner Feldarbeit ein großes Glas Bier geholt und im Hof auf der Bank getrunken. Die Gastwirtschaft gab es noch.

Auch seinen Freund von früher trafen wir an. Er sprach Deutsch und er führte uns herum. »Warum ist Willi nicht selbst gekommen?«, fragte er. »Er kommt vielleicht im nächsten Jahr.« Das versprachen wir ihm damals.

Wir hatten einen Mercedes und der wurde bestaunt. Wir hatten Pralinen und besonders gute Sachen aus Deutschland mitgenommen, um Geschenke zu machen, aber Opas Freund nahm nichts an. Er lud uns ein auf ein Glas Wein in eine Gastwirtschaft ein, aber von uns nahm er nichts. Das war für uns irgendwie enttäuschend, aber inzwischen kann ich es verstehen.

Dann fuhren wir in die Kreisstadt und suchten nach einer Unterkunft. Wir waren in Cesca Lipa – Böhmisch Leipa. Viele Leute auf der Straße konnten unsere Sprache verstehen und schließlich fanden wir ein Hotel. Unser Auto wurde wieder bestaunt. Eine Schar Jugendlicher kam herbei und schaute neugierig das Auto an.

Nun kam der Tag, an dem wir ins Sudetenland starteten. Auf der Fahrt lachten wir und alte Geschichten wurden erzählt, aber da, plötzlich waren die beiden Damen hinter uns ganz ruhig. Wir waren schon ganz nahe. »Das kenne ich doch. Sind wir nicht schon über die Brücke gekommen?« Ja, war das eine Aufregung! »Steffi, schau! Mein Gott, wir sind zu Hause!« Beide weinten vor Freude. Sie schauten nur noch und waren ganz still. Zunächst fuhren wir in den Heimatort von Luise. Hier hatte sie ihre Kindheit und Jugend verbracht, bevor sie heiratete und nach Meedl ins Nachbarhaus meiner Tante zog. Dann besuchten wir die Kirche und gingen durch die Gassen.

Nun war auch Tante neugierig und aufgeregt. »Jetzt fahren wir weiter nach Meedl.« Hier war meine Tante aufgewachsen und hatte dort bis zur Vertreibung gelebt.

Als wir ins Dorf hineinfuhren, erkannte ich viele Dinge, von denen mir meine Großmutter erzählt hatte. Da war der Sportplatz und da war die Schule, hier wohnte der Kaufmann. Das Haus hatte mir Oma so gut beschrieben, dass ich es sofort erkannte.

Ja, und dann kamen wir nach Hause. Ich muss ehrlich zugeben, dass es nicht ganz so war, wie ich es mir vorgestellt hatte. So viele Jahre war nichts erneuert worden.

Unser Haus lag in unmittelbarer Nähe des Friedhofs und unser Familiengrab, das zum Haus gehörte, war geöffnet. Ein Mitglied der Familie, die in unserem ehemaligen Haus wohnte, war gestorben und wurde in »unserem Familiengrab« beigesetzt. Eine Frau kam uns entgegen und unterhielt sich mit meiner Tante. Sie verstand, dass wir hier einmal gelebt hatten und nun sehr interessiert waren. Sie könne uns heute nicht hereinbitten wegen des Trauerfalls, sagte sie, aber wir wollten eigentlich auch nicht ins Haus.

Ich suchte den Walnussbaum, von dem meine Großmutter so oft gesprochen hatte, aber ich fand ihn nicht. Ich suchte den großen Gemüsegarten, in dem vielleicht immer noch der vergrabene Schmuck ruhte. Ich fand ihn nicht. Meine Tante suchte den Hohlweg zum Nachbarort, den sie als Kind gegangen war. Sie fand ihn nicht.

Dann gingen wir in die Kirche, gleich neben unserem ehemaligen Haus. Hier war mein Vater Messdiener gewesen und meine Oma hatte damals immer darauf geachtet, dass er die Schuhsohlen sauber hatte, denn wenn er kniete, dann sah man vor allem seine Sohlen. Meiner Oma wäre es peinlich gewesen, wenn die Sohlen schmutzig gewesen wären.

Ich hatte mir oft vorgestellt, wie es sein würde, wenn ich in meine Heimat zurückkehrte. Ja, hier war ich also her. Leider kam bei mir keine Hochstimmung auf oder irgendetwas in dieser Richtung. Es war mir alles fremd, wenn auch durch die Erzählungen bekannt. Ich kam mir undankbar vor, dass ich so wenig empfand. Was sollte ich machen?

An diesem Tag kauften wir Blumen, aber im Topf, und diese sollten auf Omas Grab gepflanzt werden. So hatte auch sie etwas aus der Heimat – ein bisschen Heimaterde.

Meiner Tante fiel auf, dass die Kirche renoviert worden sein musste. Sie machte einen guten Eindruck.

Sie zeigte mir die Treppe, die sie mit anderen jungen Frauen des Dorfes benutzt hatte, wenn Russen im Dorf waren. Sie führte in einen Raum, der von außen abzuschließen war und von dem nur der Pfarrer den Schlüssel hatte. Meine Tante war ganz ruhig und sah sich mehr oder weniger gelassen um. Ich bewunderte sie. 40 Jahre sind eine lange Zeit.

Eine alte Frau kam auf mich zu und nickte und sagte: »Mokala.« Komisch, dachte ich, so hatte ich mich als Kind genannt. Wer die Frau war, wussten wir nicht. Sie sprach kein Deutsch.

Die neue große Werkstatt, von der mir meine Großmutter immer erzählt hatte, war nicht mehr zu sehen. Diese hatte man zu einem Mehrfamilienhaus umgebaut. Das Haus, in dem der Altgeselle des Großvaters gewohnt hatte, schaute ich mir auch genau an. Es war das sogenannte »Ausgeding«, in dem meine Oma einmal alt werden sollte. Dann kam alles anders. Sie war in einem anderen Haus alt geworden.

Dann gingen wir ins Nachbarhaus, das ehemalige Haus von Tantes Freundin Luise. Dort hatte man am Tag vorher geschlachtet und dort bat man uns herein. Wir konnten uns verständigen und allen war klar, wer der Besuch aus Deutschland war. Man führte uns ins Wohnzimmer und um uns herum standen viele Töpfe und Schüsseln voller Speckgrieben.

Ja, hier hatte Luise mit ihrem Ehemann gelebt und gearbeitet. Er war im Krieg gefallen und sie musste auch 1946 mit ihren beiden kleinen Kindern nach Hessen. Nun war sie zurückgekehrt. Sie hatte Tränen in den Augen, als sie das Brot mit den Grieben aß, und sie dachte an ihre glücklichen Jahre hier in diesem Haus.

Die Hebamme

Nun war ich den ganzen Tag Hausfrau, denn ich war im Mutterschutz. Bald würde das Kind kommen.

»Ich muss jetzt immer damit rechnen, dass die Wehen kommen und die Tasche für das Krankenhaus gepackt ist!« – daran dachte ich oft. Beim letzten Untersuchungstermin hatte der Arzt gesagt: »Wir sehen uns im Krankenhaus wieder!«

Diese Dinge auf der Liste gehören in die Tasche: Zwei Nachthemden, zwei Stillbüstenhalter, Waschzeug, Hausschuhe, Babyhemdchen, Jäckchen, Windeln, Einschlagtuch und steriles Bändchen. Was ist ein steriles Bändchen und wozu soll es gut sein? Ich erkundigte mich bei einer Freundin. »Mit dem Bändchen wird die Nabelschnur abgebunden, falls du es nicht bis zum Krankenhaus schaffst.« Oh Gott, bloß das nicht! So ein Bändchen hatte ich nicht, aber ich war mir sicher, dass ich es auf jeden Fall bis zum Krankenhaus schaffen würde.

Meine kleine Tochter ließ sich Zeit. Als eine Woche seit dem vorausberechneten Geburtstermin verstrichen war, besuchte mich die Hebamme. Sie war eine Bekannte meiner Schwiegermutter und als sie bei uns im Wohnzimmer stand, war ich sehr erstaunt. Eine Hebamme hatte ich mir alt, klein und dick vorgestellt. Warum weiß ich nicht, aber es war natürlich Blödsinn.

Meine Hebamme hieß Irma. Sie war groß, schlank und sehr jung. Mein erster Gedanke war, dass sie für eine Hebamme zu jung ist. Sie ist kaum älter als ich, dachte ich, und das stimmt sogar. Wir unterhielten uns eine Weile und sie erklärte mir, dass sie mich besuchte, damit ich, wenn ich ins Krankenhaus käme, schon mal ein vertrautes Gesicht sähe. »Sie können mir vertrauen«, sagte sie, »auch wenn ich noch jung bin.« Ich vertraute ihr.

Dann wollte sie mich untersuchen. Ich erschrak und dachte an die Prozedur auf dem Untersuchungsstuhl beim Arzt, und wie sollte das hier vonstatten gehen? Nun, ich sollte mich aufs Sofa legen, und das ging ja. Sie griff in ihre Handtasche und zog ein hölzernes Hörrohr heraus. Das war das Untersuchungsinstrument. Sie setzte das Rohr auf meinen riesengroßen Bauch und legte ihr Ohr an. »Ich kann die Herztöne hören«, sagte sie. »Dem Kleinen geht es gut.« Es geht ihm gut, dachte ich, und deshalb will das kleine Ding auch nicht heraus.

Noch eine Woche später – 14 Tage über die Zeit – sagte man damals, wollte das Kleine immer noch nicht heraus. Ich ging wieder in die Arztpraxis und nun wurde versucht, die Fruchtblase zu »sprengen«, was aber misslang. Dann kam der Wehentropf und das kleine große Wunder konnte geschehen.

Die Hühnerfarm

Ein zweites Kind hatte sich bei uns angekündigt. Ich ging wieder arbeiten, aber wie würde das mit dem zweiten Kind klappen? Würde ich weiterhin arbeiten gehen können? Wenn das zweite Baby kommt, ist das erste 14 Monate. Laufen kann Susanne da bestimmt schon, aber das erschwert die ganze Sache vielleicht noch. Vielleicht würde ich wieder »nur« Hausfrau und Mutter sein.

Einmal kam Horst nach Hause vom Kegeln und hatte eine große Neuigkeit für mich: Wir würden eine Hühnerfarm übernehmen. Sie befinde sich ganz in unserer Nähe, ein Garten sei dabei, den ich bewirtschaften könnte, und wir hätten immer frische Eier und natürlich eine zusätzliche Einnahmequelle. Ein Pachtvertrag sei in Arbeit.

Hm, immer frische Eier für unsere Familie. Das klang schon mal gut. Ja, ich könnte so weiterhin einen Beitrag zur Haushaltskasse leisten, wenn ich Eier verkaufe. Wir könnten dann fast davon leben, wenn man bedenkt, dass der Garten die Kartoffeln und das Gemüse liefert.

Horst hatte immer den Beruf des »Bauern« im Hinterkopf. »Wenn wir in der alten Heimat in Böhmen geblieben wären, dann wäre ich ein selbstständiger Bauer geworden. Ich bin der älteste Sohn.« Das sprach Horst oft und in den ersten 30 Jahren unserer Ehe hatte er von Zeit zu Zeit den Bauernhof im Hinterkopf. Er wollte immer »selbstständig« sein, und so eine Hühnerfarm war für ihn der Anfang.

Nun dachte ich oft an die Kinderzeit zurück, in der ich mit meiner Freundin Karin die Eier einsammelte. Zuerst suchten wir in der Scheune, d. h., Karin brauchte nicht lange zu suchen, denn sie kannte die bevorzugten Legestellen. In einem alten Hut auf der Fensterbank lag immer ein Ei, ein anderes Huhn hatte sich die Dickwurzmaschine als idealen Platz erkoren. Das fand ich immer merkwürdig.

Ein Hühnerhaus war auch vorhanden. Es stand etwas abseits des Bauernhofes auf einer kleinen Wiese. Um dieses Häuschen herum war die Erde aufgeweicht und matschig. Über ein Brett gingen wir hinein und dort lagen die Eier in Strohnestern. Lange konnte man sich in dem kleinen Hühnerhaus nicht aufhalten, denn es roch streng.

Karin scheuchte die Hühner hinaus, denn manche wollten sich von ihren Eiern nicht trennen. Die Wände waren zwar weiß gekalkt, aber es half nichts. Der Geruch war schrecklich.

Einige Tage später besichtigten wir, die junge Familie, das Hühnerhaus. Es war größer und höher als die Hühnerhäuser, die ich kannte, und die Nester waren über Leitern zu erreichen. Den Geruch kannte ich und ich war schnell wieder draußen.

Es kamen bei mir Zweifel auf, ob ich die geeignete Person sei für diesen Bauernhof-Anfang. »Wer wird denn den Hühnerstall säubern? Kannst du das machen?«, fragte ich Horst. »Die Eier will ich gerne einsammeln und die Fütterung übernehme ich auch«, sagte ich. Hühner hatte ich früher gern gefüttert. Sie bekamen altes Brot und gekochte Kartoffelschalen. Körner bekamen damals die Hühner auch, aber die streute ihnen Tante Mina hin, bei der wir wohnten. Das durfte ich nicht, denn ich streute zu viel oder zu wenig. Manchmal liefen mir damals die braunen Hühner hinterher und das fand ich schön. Die Hühner waren hier weiß und irgendwie schreckhaft und feindlich.

Kurz nachdem unser Sohn Peter das Licht der Welt erblickt hatte, bekam ich eine Halbtagstätigkeit bei einem Rechtsanwalt angeboten, da ich mich wieder außer Haus nützlich machen wollte.

Das mit der Hühnerfarm wurde nichts und ich war ja so froh. Staubige Akten riechen zwar auch nicht nach Veilchen, aber auf jeden Fall besser als der Hühnerstall.

Die Katze hatte probiert

Es war in den ersten Wochen in Frankfurt bei der Akademie für Bürowirtschaft. Unsere Seminarleiterin lud uns zum Essen ein. Sie wollte für uns kochen. Sie nahm uns acht Frauen mit in ihre Wohnung in einer alten Villa in der Frankfurter Straße. Während wir bei irgendwelchen Ausarbeitungen in ihrem Esszimmer am großen Tisch saßen, war sie in der Küche zugange. Außerordentlich nett von ihr, sagten wir alle.

Dass sie einen großen schwarzen Kater hatte, den sie sehr liebte, wussten wir bereits. Hin und wieder zeigte sie uns Dinge aus ihrer Schultasche, an denen ihr geliebter Kater seine Spuren hinterlassen hatte. Er hatte uns auch bei unserer Ankunft begrüßt und war um unsere Beine herumgeschnurrt. Er wusste, dass er die Hauptperson hier war, und wir sollten es später auch erfahren.

Vom Esszimmer aus konnte man eine Terrasse betreten und eine Dame nutzte diesen Platz als Raucherecke. Von dort warf sie einen neugierigen Blick von außen in die Küche, in der fleißig hantiert wurde.

Aber oh, ihre Augen wurden immer größer. Voller Entsetzen kam sie zurück und deutete auf die Küche. »Das müsst ihr euch anschauen. Seht, was der Kater macht.« Und was machte er? Er saß mitten auf der Arbeitsplatte und probierte von den Dingen, die dann in die Pfanne wanderten. Auch den Nudelsalat, der bereits fertig in einer großen Schüssel stand, ließ er sich schmecken. Heimlich schlich eine nach der anderen zum Fenster und dann zurück zu den Arbeiten. Eine bedrückte Stimmung machte sich breit. »Das sollen wir nachher essen!«

Dann kam die gut gemeinte, freudige Aufforderung: »Die Schulsachen weg! Nun wollen wir essen.« Normalerweise hätten wir uns nicht lange bitten lassen. Eins, zwei, drei und der Tisch wäre gedeckt gewesen, aber … Diesmal dauerte es lange. Es zog sich hin, bis die letzen Bücher und Zettel vom Tisch waren. Die Stimmung war gedämpft. Kein freudiges »Was gibt es denn?«, kein »Ich hab schon Hunger!«. Komischerweise hatten heute alle reichlich gefrühstückt, was sonst nie der Fall war.

Niemand sagte ein Wort. Lauter Feiglinge saßen am Tisch und stocherten im Essen herum. Hätten wir nicht ehrlich sein sollen? Aus heutiger Sicht schon, aber damals traute sich niemand, bezüglich der Katze etwas zu äußern.

Wir hatten zwei Jahre Ausbildung vor uns und niemand wollte eine Missstimmung riskieren. Wahrscheinlich aß sie immer mit der Katze und es war für sie eine Selbstverständlichkeit. Vielleicht würde sie es gar nicht verstehen, dass sich jemand vor ihrem Kater ekelt.

Es blieb damals einiges auf den Tellern liegen und eingeladen hat sie uns nie wieder.

Die Lebensmittelvergiftung

Horst hatte seine Lehre begonnen. Er lernte Werkzeugmacher bei der Firma Domes in Homberg. Das, was er damals »verdiente«, reichte nicht ganz für die Monatskarte der Bahn. So war er auf ein Taschengeld von seinen Eltern angewiesen. Diese waren am Bauen und das Geld war auch knapp.

Einmal saß Horst mit seinen Freunden in der Gastwirtschaft Schlemmer am runden Tisch. »Kännchen« trinken war angesagt. Ein Kännchen ist ein größeres Schnapsglas, gefüllt mit einer Mischung aus Hamburger Bitter und Korn. Das Kännchen machte die Runde und jeder Mann am Tisch trank einen Schluck. Horst hatte wohl etwas Geld einstecken, und für ein Kännchen hätte es gereicht, aber plötzlich hieß es: »Der Vorletzte bezahlt.« Oje, dachte Horst, wenn ich der Vorletzte bin, dann reicht mein Geld nicht lange. Jetzt aufstehen und gehen ist peinlich, also die Sache geschickt durchstehen.

Da stand das Kännchen vor ihm. Ein prüfender Blick: Wie viel ist noch drin. Holla! Wenn ich nur einen Schluck nehme, dann trinkt mein Nachbar aus und ich bezahle. Das trinke ich weg, dachte Horst und die Runde ist gerettet. So habe ich mir die Blamage, dass mein Geld nicht reicht, gespart. – Ich geh jetzt nach Hause, dachte er, aber da stand schon das nächste Kännchen vor ihm. »Bleib sitzen – sei nicht ungemütlich – zu Hause sterben die Leute – einen Schluck kannst du noch trinken, bevor du gehst«, hieß es. – Horst prüfte den Inhalt. Da war wieder nicht mehr so viel drin. Horst schaute in die Runde und dachte: Die haben alle mehr Geld im Portemonnaie. Das Beste wird sein, ich trinke wieder aus. Das wievielte war es eigentlich? Ja, seine Zeche konnte Horst damals dank seiner geschickten Praktiken bezahlen, aber was hatte er sich eingehandelt? Als er vor der Gaststätte stand, merkte er, dass es mit dem Heimgang nichts werden würde. Er war blau wie eine Haubitze.

Zum Glück ließen ihn seine Freunde und Kumpane nicht im Stich. Sie schleiften ihn bis zu seiner Haustüre und lehnten ihn dagegen. Dann machten sie sich allerdings aus dem Staub. Seine Mutter half ihm ins Bett und sagte: »Nun schlaf deinen Rausch aus«. – Es war aber kein Rausch. Es war eine handfeste Alkoholvergiftung. – Horst war im ersten Lehrjahr. Peinlich.

Aus der Alkoholvergiftung wurde eine Lebensmittelvergiftung! Das kann passieren und das sieht wohl jeder Lehrherr ein.

Eine Woche war Horst damals außer Gefecht. So viel Schnaps und nicht mal aus Spaß und Freude – sondern aus Verlegenheit.

Die Ohnmacht in der Kirche

In der Kirche in Ohnmacht zu fallen, war für mich als Kind etwas Vertrautes. Später, als ich langsam erwachsen wurde, passierte es kaum noch. Irgendwann dachte ich nicht mehr daran, dass mir diese Sache je wieder passieren würde.

Wir wollten möglichst bald heiraten. Ein Baby hatte sich angemeldet. Das weiße Brautkleid sollte gut passen und verlobt waren wir bereits. Wahrscheinlich hätten wir sowieso irgendwann geheiratet, aber nun war die Sache etwas eiliger. Wir waren in dieser Beziehung keine Ausnahme. Damals war es zu 90 Prozent so, dass die Verlobten heirateten, wenn sich Nachwuchs ankündigte. Es war eigentlich alles so wie bei den anderen Leuten. Die normalste Sache auf der Welt.

Dass ich bald eine Mama sein würde, konnte ich mir beim besten Willen nicht vorstellen, aber es war ja auch noch so lange hin. Nun kam erst einmal die Hochzeit und alle diese Dinge wie das Aufgebot, die Trauzeugen, das Standesamt, das Hochzeitskleid, der Brautstrauß, die eigene Wohnung – alles sollte perfekt sein.

Wir wohnten damals in der Eduard-Becker-Straße in Alsfeld und zu dem Lokal, in dem die Hochzeitsfeier stattfinden würde, mussten wir über eine große Wiese. Heute ist aus dieser Wiese und der Schlittenbahn meiner Kinder ein Park entstanden.

Damals war es üblich, dass man am Samstag zum Standesamt ging und am Tag darauf war dann die kirchliche Trauung. Alles klappte gut im Rathaus. Ich trug einen türkisfarbenen Mantel, einen weißen Hut und weiße Handschuhe und weiße Stöckelschuhe. An das Kleid kann ich mich nicht mehr erinnern. Einen Polterabend hatten wir nicht, denn wir heirateten in Groß-Felda in der neuen katholischen Kapelle, und dass es für uns keinen Polterabend gab, kann mit der Entfernung zu tun haben. Es war, wie es war.

In der Nacht vor der Trauung schlief ich kaum, denn ich schlief mit fünf Kindern in einer Art Behelfsbett. Meine Tante war eine Zauberkünstlerin, wenn es darum ging, für jeden Hochzeitsgast ein Bett bereitzustellen. Viele Gäste waren angereist und es war sehr eng. Auf keinen Fall durfte ich die Nacht vor der Trauung mit meinem Verlobten verbringen. Das wäre der absolute Südenfall gewesen. Ich hatte also kaum geschlafen und nun kam mein großer Tag.

Unser Pfarrer war hocherfreut, dass ich einen katholischen Mann heiraten würde. Er war überglücklich und hatte uns eine Brautmesse vorgeschlagen. Vor der Trauung hatte er uns zweimal zum Brautunterricht eingeladen.

Beim ersten Termin erklärte er uns den Sinn einer Ehe usw. und beim zweiten Termin kam die Beichte. Er meinte, dass in unserem Falle unbedingt eine Brautmesse angebracht sei, die viel feierlicher sei als eine einfache Trauung. Ja, wir wollten es beide äußerst feierlich haben.

Der Sonntag kam – der Hochzeitszug wurde aufgestellt. Horst kam mit Eltern, Geschwistern und seinen Verwandten nach Groß-Felda und überreichte mir den Brautstrauß – rote Rosen. Was für ein Tag!

Blumen streuende Kinder vor uns und hinter uns meine Freundin Annemarie als Brautjungfer. Wir zogen in die Kirche ein, die Orgel spielte wunderschön, alles war sehr, sehr feierlich bis etwa zur Wandlung. Mein feierliches Hochgefühl wich einem immer mehr aufkommenden Schwindel.

Es war die erste Zeit der Schwangerschaft, die schlechte Luft in der kleinen Kapelle und die Brautmesse zog sich hin. Wie lange musste ich noch knien? Noch ein Gesang und noch ein Orgelspiel. Immer leiser wurden die Worte des Pfarrers und die Messdiener verschwanden im Nebel um mich herum. Dann war alles schwer und dunkel. Ich hatte gekämpft, aber nicht gesiegt.

Ich sank – und mein Schwiegervater war zur Stelle. Er erzählte mir später, dass er mich schon eine ganze Weile im Auge hatte und damit gerechnet hatte, dass ich umkippe. Er trug mich hinaus auf eine kleine Wiese vor der Kapelle. Als mir jemand Wasser ins Gesicht spritzte, kam ich wieder zu mir. Ich trank einen Schluck und hatte sofort den Gedanken: Du musst wieder rein.

Horst war sehr erleichtert, als er mich wieder neben sich sah. Er habe mir damals folgen wollen, sagte er, aber der Pfarrer habe gesagt: »Bleib du wenigstens da!« – Ich bekam für die Trauungszeremonie einen kleinen Hocker und alles klappte mit dem »Jawort«. Beim Auszug aus der Kirche war uns trotz der kurzen Ohnmacht wieder enorm feierlich zumute.

Die Pille, aber kein Wort

Einige Wochen nach der Geburt meines ersten Sohnes hatte ich einen Termin beim Frauenarzt – eine Abschlussuntersuchung. Nach der Untersuchung fragte mich der Arzt, wie es denn bei uns mit der weiteren Familienplanung aussehe.

Ja, ich wollte eigentlich immer fünf Kinder haben, also früher, als ich noch keins hatte. Nach dem ersten Kind wollte ich dann keine Kinder mehr. Eine Geburt reicht mir, dachte ich. Das möchte ich nicht mehr mitmachen. Nun, das klappte nicht, denn ich hatte ein Jahr später wieder ein Baby und das war ein Junge.

Horst und ich waren sehr zufrieden. Wir hatten ein Mädchen und einen Jungen und fanden es einfach ideal, zwei Kinder zu haben. Unsere Familienplanung war abgeschlossen, aber so einfach ist das ja alles nicht.

»Nun«, sagte der Arzt (er hatte eine ganz hohe Stimme), »es wäre für Sie nicht gut, wenn Sie schon bald wieder schwanger würden. Ihr Körper ist geschwächt. Ich werde Ihnen die Pille verschreiben. Da sind wir auf der sicheren Seite.«

Oh! Ich erschrak, als ich das Wort »Pille« hörte. Zur damaligen Zeit war »die Pille« gleichgesetzt mit lockerem Lebenswandel und Ausschweifungen. Es war ein Thema, das nur hinter vorgehaltener Hand im Flüsterton besprochen wurde. Ich war ganz aufgeregt, als ich das Rezept in Empfang nahm.

Ich würde also die Pille nehmen, aber das würde niemand erfahren. Das würde mein Geheimnis bleiben. Auf keinen Fall darf es meine

Großmutter erfahren, dachte ich, denn sie war nicht für solche Sachen. »Dem lieben Gott darf man nicht ins Handwerk pfuschen«, das würde sie sagen. Es würde mein Geheimnis bleiben. In der Apotheke wurde ich ganz normal bedient, so als würde ich eine Flasche Franzbranntwein kaufen.

Als ich nach Hause kam, saß Horst am Rand des Schwimmbeckens. Susanne planschte mit ihren nackten Beinchen im Wasser. Peter lag in einem kleinen Boot, das von meiner Schwiegermutter durchs Wasser gezogen wurde. Es war nicht einfach, mit beiden Kindern gleichzeitig ans Wasser zu gehen. Meine Schwiegereltern waren sehr stolz auf ihr schönes Schwimmbad im Garten.

Mein Schwiegervater hatte es selbst gebaut. Vom Erdaushub bis zur letzten Fliese, alles hatte er in mühevoller, aber auch liebevoller Kleinarbeit geschaffen. Sogar eine Gartendusche hatten wir. Wir hatten natürlich auch immer Angst, dass die Kinder in einem unbedachten Moment ins Wasser fallen könnten. Es war nicht einfach.

Es war überhaupt nichts einfach mit zwei kleinen Kindern. Susanne konnte noch nicht alleine gehen, und wenn wir unterwegs sein wollten, musste das mit zwei Kinderwagen passieren. Früher gab es noch keine Wagen mit zusätzlichem Sitz für ein weiteres Kind.

»Und«, sagten Horst und Schwiegermutter, »alles in Ordnung?« Ja, alles in Ordnung. Von der »Pille« sagte ich zunächst nichts, aber nach und nach hat sich die Sache doch herumgesprochen.

Die Rabenmutter

Bei uns kamen die Kinder immer zusammen in die Wanne. Sie kannten das nicht anders, denn sie waren fast gleichaltrig – also Susanne und Peter. Peter war damals fünf Jahre alt und hatte an diesem Badetag nicht so recht Lust zum Baden. Zuerst war das Wasser zu warm, dann zu kalt und dann wollte er überhaupt nicht rein. »Schau deine Knie – ganz schwarz – setz dich rein.« Es ging hin und her, bis er schließlich im Wasser saß.

Von Waschen war allerdings nicht die Rede. Er fing an zu planschen und zu spritzen. Susanne quietschte und um die Badewanne herum war schon alles nass. Alles Geschimpfe und gute Zureden half nichts. Sein Sinn stand auf Protest. »Lass dich abschrubben, dann kannst du noch fernsehen« – nichts half. Er schlug ins Wasser und es war so, dass er heute wirklich nicht baden wollte. Der Spiegel und die Klamotten rundherum waren nass. Ich dachte daran, was ich an diesem Abend noch alles zu erledigen hatte, und sagte: »Wenn du jetzt nicht aufhörst, dann setze ich dich vor die Tür.«

Er lachte, denn er wusste, dass es geschneit hatte und draußen Minusgrade herrschten. Er spritzte weiter. Ich war so wütend, dass ich mir überlegte, ob ich ihn mal kurz untertauchen sollte. Nein, da könnte er Schaden nehmen, aber was sollte ich mit diesem Krockel machen? – Er hatte mich so zur Weißglut gebracht, dass ich ihn schnappte. Ich war plötzlich stark wie ein Elefant, und so trug ich ihn hinaus und setzte ihn vor die Haustüre. Dann knallte ich die Haustüre zu.

Sofort schellte er – und ich erschrak über mein Tun. Was hatte ich gemacht? Das kleine nackte Kind in die Kälte gejagt. Ich öffnete die Tür und er lief schnurstracks zur Badewanne und hüpfte hinein.

94

Er wusch sich vorschriftsmäßig und ließ sich wie ein Lämmchen abtrocknen. Susanne hatte die ganze Aktion wenig beeindruckt. Sie trocknete sich auch ab und beide schauten »Sandmännchen« oder die »Sendung mit der Maus« – ich hatte die artigsten Kinder der Welt.

Noch viele Jahre danach machte ich mir Vorwürfe und denke manchmal heute noch: Zu welchen Taten Menschen doch fähig sind.

Die Rente – so ein Quatsch

Es war nun endgültig klar: Ich würde im Januar ein Kind bekommen. Tagtäglich ging es um den Heiratstermin. Wir waren zwar verlobt, aber wegen des Hochzeitstermins hatten wir uns noch keine Gedanken gemacht. Nun eilte das mit dem Termin ja. Irgendwann würde sich ja zwangsläufig meine Figur ändern, und wenn ich in »Weiß« heiraten wollte (und das wollten wir ja früher alle), dann war es höchste Eisenbahn. Wenn man schon sah, dass ein Kind unterwegs war, konnte man ja nicht mehr in Weiß heiraten, denn Weiß ist das Zeichen der Unschuld. Das passte dann nicht mehr. Als Termin für die Hochzeit wurde der Juni gewählt. Ja, im Juni würde ich noch schlank sein. Nun ging alles seinen Gang.

Horst und ich freuten uns auf das Hochzeitsfest und auf die eigene Wohnung, die wir dann beziehen würden. Wir schauten uns Möbel an und rechneten mit dem Geld, das wir zusammengespart hatten. Viel war es nicht. Für eine eigene Küche würde es nicht reichen. Das war nichts für mich. Ich wollte selbstständig sein. Mit einem Kind würde ich später nicht mehr arbeiten gehen und ich hatte doch Geld in die Rentenversicherung einbezahlt. Dieses Geld könnte ich jetzt gut für eine Küche gebrauchen. Ich würde mich mit Haushalt und Kind beschäftigen. Auch einen kleinen Garten würde ich bestellen.

Meine Welt war in Ordnung. Arbeiten würde ich nie wieder gehen. Wenn ich an meine Schulzeit dachte und damals einen Satz schreiben sollte, hatte ich immer geschrieben: Der Vater hackt Holz. Die Mutter kocht. So würde das jetzt auch bei mir sein. Horst würde arbeiten und ich würde kochen und backen und das Kind versorgen. Damit hätte ich sicherlich den ganzen Tag zu tun.

Ich ging zu Herrn Küchenmeister, den ich ja gut kannte, da ich genau einen Stock über ihm arbeitete. Ihm erklärte ich, dass ich nun bald heiraten würde und danach nie mehr zu arbeiten brauchte. Meine Sozialversicherungsbeiträge wollte ich mir auszahlen lassen, um mir eine neue Küche zu kaufen. »Mädchen, überleg dir das gut. Vielleicht wird dir das später leidtun. Schlaf erst noch mal eine Nacht darüber! Du ärgerst dich, wenn du später keine Rente bekommst«, so sprach der zuständige Sachbearbeiter.

»Das brauche ich nicht«, sagte ich, denn ich war mir sicher, dass ich in Zukunft andere Aufgaben haben würde. Ich füllte sofort den Antrag aus.

Er hat keine Ahnung, dachte ich. Später – Rente – so ein Quatsch. Das ist noch so lange hin und die Küche brauche ich sofort. Eine Waschmaschine brauche ich auch, denn ich will ja nicht die Windeln im Topf auf dem Herd kochen, wie vor 50 Jahren. Das ist alles viel wichtiger als »Rente«.

Ein einziges Mal hatten wir auch in der Handelsschule über die Rente gesprochen. In den letzten Tagen vor der Abschlussprüfung bekamen wir eine Bescheinigung und Herr Gengnagel trichterte uns mit ernster Mine ein, dass wir diese sehr gut aufbewahren sollten. Diese beiden Handelsschuljahre würden auf die »Rente« angerechnet. Wir lachten ihn damals in unserem jugendlichen Leichtsinn aus, denn wir konnten uns nicht vorstellen, dass wir dieses Blatt Papier so lange aufheben würden.

Das war noch so lange hin. Wahrscheinlich würden wir nie Rentner werden.

Was ich damals nicht wusste, ist, dass die Zeit Flügel hat. Sie fliegt dahin. Reine Hausfrau und Mutter war ich in meinem ganzen Leben nur sechs Monate. Danach habe ich wieder gearbeitet. Man sollte im Leben nie »nie« sagen, denn erstens kommt es anders und zweitens als man denkt.

Die unvergleichliche Birnenfrucht

Wenn mein Mann und ich einkaufen gehen, dann bleibt er immer bei den Birnen stehen. »So sahen die Birnen aus, die ich als Kind gegessen habe!«, sagt er hin und wieder. Er kauft sie, aber beim Verzehr zu Hause stellt er fest, dass sie doch nicht so gut schmecken wie damals. Es waren wieder nicht die richtigen, die er gekauft hatte. Die Geschichte hat folgenden Hintergrund.

Im Jahre 1949 war Horst fünf Jahre alt. Er kann sich kaum noch an Dinge erinnern, die so lange zurückliegen, mit Ausnahme der Geschichte mit den Birnen. Horst wohnte damals mit seinen Eltern in einem Haus im Grubengarten. Heute befindet sich dort ein Parkplatz, denn das Haus steht schon lange nicht mehr. In diesem Haus wohnten mehrere Familien. Horst wohnte ganz oben.

Neben dem Haus stand ein riesengroßer Birnbaum mit diesen einzigartigen Früchten. Natürlich durfte man zur damaligen Zeit nicht einfach eine reife Birne vom Baum pflücken. Sie gehörte einem nicht und das war Diebstahl. Allerdings war es erlaubt, Fallobst zu sammeln.

Alle Kinder in diesem Haus waren ständig in Bereitschaft, Fallobst zu sammeln. Egal welches Spiel sie spielten, sie waren auf der Hut und hofften ständig, dass sich vielleicht eine Birne löste und herabfiel. Da der Baum sehr groß war, dauerte es einen kleinen Moment, bis die Birne im Garten unter dem Baum landete. Dieses Fallen der Birne, das Rascheln der Blätter, die sie berührte, und der typische dumpfe Aufschlagton ließen die Kinder aufmerken. Das Rascheln sagte: »Nichts wie runter! Soeben ist eine Birne gelandet.«

Da der kleine Horst ganz oben wohnte, kam er oft zu spät. Aus allen Stockwerken rannten die Kinder nach unten. Er war noch klein und es war ein Junge dabei, der konnte zwei oder drei Stufen auf einmal nehmen. Da hatte man natürlich keine Chancen. Aber wenn alle Kinder in der Schule waren, da konnte es gut vorkommen, dass er gerade rechtzeitig da war, um diese köstliche Birne zu ergattern.

Diese Birne von damals war ziemlich groß, wunderbar weich und zuckersüß, und wenn jemand einmal so eine Birne findet, dann soll er sie doch bitte meinem lieben Mann bringen.

Die Unzertrennlichen

Wir wohnten noch nicht lange in unserem neuen Haus. Die Kinder und wir freundeten uns schnell mit den Nachbarn, den Kindern in der Umgebung und auch mit den dazugehörigen Katzen, Vögeln und Meerschweinchen an. Wir hatten kein Tier.

Besonders beliebt waren Christines Vögel, denn sie vermehrten sich. Da wurde gebrütet und es war wahnsinnig aufregend. Wenn Christine mit ihren Eltern nach Rinteln zu den Großeltern fuhr, dann mussten die Vögel mit. Der Käfig stand auf der Rückbank, aber da es unterwegs langweilig war, ließ Christine sie im Auto fliegen. Sie setzten sich dann auf den Brillenrand ihres Vaters, der den Wagen steuerte, und entgegenkommende Fahrzeuginsassen staunten nicht schlecht. Ihr Vater sagte dann: »Die schauen mich an, als hätte ich eine Meise.«

Es dauerte nicht lange und es kam der Wunsch nach einem Wellensittich auf – oder nach zweien, damit sie nicht alleine sind. Ja, gut, das ist ja besser als ein Hund, dachte ich. Zunächst mal einen Vogel, denn der macht nicht so viel Arbeit.

Wir kauften ein Vogelpärchen in Grün – »die Unzertrennlichen«. Sie taten alles gemeinsam und es war eine Freude, sie zu beobachten. Ab und zu mussten sie fliegen und dann war großes Geschrei, wenn die Haustürglocke erklang. Schnell die Vögel zurück in den Käfig!

Einmal war ich alleine zu Hause und ließ die Vögel in der Wohnung umherfliegen. Manchmal setzten sie sich auf meinen Kopf, z. B. wenn ich gerade Kartoffeln schälte. In einem unbedachten Moment, als sie in einem anderen Zimmer waren, öffnete ich kurz die Terrassentür, um etwas auszuschütteln, und dann schellte das Telefon. Schnell zum

Hörer und die Tür stand noch einen Spalt offen. Da war es passiert. Husch, und einer flog hinaus. Schnell schloss ich die Tür, damit nicht der zweite hinterherfliegt. Oh Gott, was mach ich jetzt?! Er hat keine Chance in der freien Wildbahn. Die hier ansässigen Vögel kennen ihn nicht und jagen ihn. Was mach ich bloß? Wie kann ich ihn retten?

Nichts mehr war von ihm zu sehen. Wo war er hingeflogen? Ich lief hinaus und umkreise unser Haus und die Nachbarhäuser. Ich rief nach ihm. Wir nannten die beiden »Geli« und »Heinz« nach einem befreundeten Ehepaar, aber ich konnte sie nicht auseinanderhalten. War nun Geli weggeflogen oder Heinz? Ich rief abwechselnd die Namen.

Dann überlegte ich mir, was ich machen würde, wenn der Vogel käme. Ja, genau. Ich muss den Käfig mit auf meine Wanderschaft nehmen. Der zweite Vogel könnte den Ausreißer anlocken. Wenn er aber irgendwo sitzt und nicht von selbst in den Käfig hüpft, dann brauche ich ein Netz, das ich über ihn werfen kann.

Gut, ich nahm ein Angelnetz, einen Köcher aus Horsts Angelutensilien und den Käfig und machte mich auf den Weg, um die Straßen in der Nachbarschaft abzusuchen.

Da sah mich ein Nachbar, der am Fenster stand, und er fragte: »Willst du fischen gehen oder Vögel fangen?« Mir war nicht nach Spaßen zumute. »Mach dich nicht lustig über mich, sondern hilf mir lieber!« Das tat er wirklich. Darauf wäre ich nie gekommen. Er rief die Leute in der näheren Umgebung an und bat, sie mögen rund um ihr Haus Ausschau halten. Er gab meine Telefonnummer durch.

Und siehe da: Wir hatten Erfolg. Eine Frau, die ein paar Straßen unterhalb unseres Hauses wohnte, rief mich an und sagte: »Auf meiner Fensterbank sitzt ein kleiner grüner Vogel. Das könnte er sein.« Ich lief mit meinem Käfig hin und ging ganz langsam auf das Haus zu. Der Vogel im Käfig sah seinen Freund zuerst und fing an zu rufen. Ganz in der Nähe des Fensters öffnete ich den Käfig und – ich hatte Glück – unser kleiner grüner Ausreißer kehrte heim. Ganz eng setzte er sich zu seinem Freund auf die Stange und ich war froh.

Was hätten die Kinder gesagt, wenn ich ihnen den Käfig mit nur einem Vogel gezeigt hätte? Heilfroh war ich, dass ich nicht ganz versagt hatte. Aber in Zukunft: »Größte Vorsicht«.

Die Vorbereitungen

Früher war das Geschlecht eines Kindes erst nach der Geburt festzustellen. Manchmal fragten mich die Leute, was ich wohl lieber hätte, ein Mädchen oder ein Bübchen. »Das ist mir gleich«, sagte ich dann. Ich konnte mir weder das eine noch das andere vorstellen. Das Wunder war zu groß für mich. Wenn ich an die Geburt dachte, wollte ich immer bloß, dass es schnell vonstatten geht. Dass mit dem Kind irgendetwas nicht in Ordnung sein könnte oder dass es bei der Geburt Komplikationen geben könnte, daran dachte ich nie. Ich war jung und voller Zuversicht. Ich freute mich, dass ich immer runder wurde. Ja, alles war in Ordnung.

Da ich romantisch veranlagt bin, schwebte mir ein Stubenwagen mit einem Himmel vor. Das hätte den Vorteil, dass ich den Wagen von Zimmer zu Zimmer schieben könnte. Das Baby wäre so immer in meiner Nähe. Ein Kinderbett würden wir später auch brauchen, aber zunächst sollte es ein Stubenwagen sein.

Als ich meiner Großmutter davon erzählte, sagte sie, dass man früher die Kinder zunächst in einen Wäschekorb gelegt habe. Das sei praktisch gewesen, denn man habe diesen Korb manchmal mit in den Stall oder mit aufs Feld nehmen müssen. Ich fand die Idee großartig und nahm mir Omas großen Wäschekorb mit nach Alsfeld.

Mein geschickter Mann schweißte einen schmiedeeisernen Unterbau mit Rädern, in den der Wäschekorb eingehängt wurde. Ich kaufte Tüll in Zartgelb und meine Schwiegermutter nähte eine Verkleidung für den Korb und den Himmel mit Rüschen und Bändern. Das Korbinnere wurde ausgepolstert und ein Spitzenkisschen war der Gipfel. Ein Kunstwerk war entstanden. Tagelang konnte ich vor Freunde nichts anderes machen, als mich um diesen Wagen herum zu bewegen und ihn da und dort zu platzieren. Ich war glücklich.

Dann kam eines Tages meine Großmutter zu Besuch, und als sie den fix und fertigen Stubenwagen sah, erschrak sie. »Das bringt Unglück!«, sagte sie. »Das Kind kann sterben, wenn du deine Vorbereitungen so perfekt tätigst.« Im Sudetenland war es zu ihrer Zeit nicht üblich, dass man irgendwelche Vorbereitungen traf. »Dazu ist Zeit, wenn das Kind gesund auf die Welt gekommen ist.« – So war die Meinung früher.

Sie war aufgeregt und überlegte, was man tun könnte. Der Schaden war angerichtet. Sie ging in den Keller und brachte ein Stück Holz herauf. Dann entdeckte sie im Schrank die Windeln, die – oh Schreck – auch schon bereit lagen. Ich hatte sie von Horsts Oma aus Hopfgarten schon im August zu meinem Geburtstag bekommen. Anscheinend war Horsts Oma weniger abergläubisch. Meine Oma wickelte das Holzscheit in eine Windel und legte es ins neue Babykörbchen.

So. Die Gefahr, dass etwas schieflaufen würde, war auf diese Weise einigermaßen gebannt.

Welch ein Glück!

Doggenrennen in Vockenrod

Sechs oder sieben Jahre lang arbeitete ich zu Hause. Ich erledigte Schreibarbeiten, meist in den Abendstunden, wenn die Kinder schliefen und mein Mann beim Kartenspielen oder Kegeln war. Wenn wir Besuch bekamen, dann schrieb ich, wenn die Gäste wieder gegangen waren. Manchmal stellte ich mir auch den Wecker auf vier Uhr und schrieb morgens. Ich brauchte damals weniger Schlaf als heute. Meist war es so, dass mein Chef morgens um sieben Uhr die fertigen Unterlagen abholte. Was ich nicht schaffte, schrieb ich am nächsten Morgen, wenn die Kinder aus dem Haus waren.

Einmal hatten wir Besuch, aber ich hatte meinem Chef versprochen, ein bestimmtes Schreiben fertigzustellen. Immer wieder schaute ich auf die Uhr, bis das befreundete Ehepaar merkte, dass ich noch etwas zu erledigen hatte. »Ja, ich habe noch einen wichtigen Brief an eine Verwandte meines Chefs zu schreiben, der morgen früh abgeholt wird.« Es ging um Renten- und Versicherungsangelegenheiten – dringend.

Inzwischen erledigte ich nicht nur die Firmenkorrespondenz, sondern auch die Privatpost. Oft sagte mein Chef, wenn er mit seinen Ausführungen fertig war: »Und dann schreiben Sie bitte noch, was in Alsfeld passiert ist.« Es waren Briefe an Leute, die Alsfeld und Umgebung kannten. Manchmal schaute ich dann in die Zeitung, was sich ereignet hatte, oder ich sprach mit meinem Nachbarn Lothar, denn er war bei der Stadtverwaltung beschäftigt und wusste alle Neuigkeiten.

»Ja, ihr habt recht. Ich muss noch eine Sache erledigen, die mein Chef dringend braucht, aber ihr könnt mir helfen.« Zu diesem Zeitpunkt hatten die Männer Bier und wir Frauen »Samoswein« getrunken, der sehr süß war. Damals schmeckte uns das. Ich setzte mich an die Maschine, und als der erste Teil geschrieben war, den er mir diktiert hatte, kamen die Gäste auf die Dinge, die sich in Alsfeld ereignet hatten. Sie wussten dies und das und ich war ganz froh, denn ich hatte auch einige Gläser Wein getrunken und wusste nichts mehr an Interessantem.

»Und jetzt schreibe, dass in Vockenrod das alljährliche Doggenrennen ausgetragen wurde.«

Davon hatte ich auch nichts gewusst, aber wozu hat man Freunde. So ging es weiter und der Brief wurde ausführlich.

Danach kam die Flasche Samoswein wieder auf den Tisch und der Abend wurde fröhlich. Am nächsten Morgen überreichte ich meinem Chef die Korrespondenz.

Was hatte ich angerichtet? Ohne es zu ahnen, hatte ich den größten Blödsinn geschrieben und dazu viele Fehler gemacht.

Am nächsten Abend, am Ende der Diktatstunde, gab mir mein Chef den Brief nochmals mit – zum »Überarbeiten« – ohne Worte, aber mit ernstem Gesicht.

Eine ganze Weile brauchte ich für ihn keine Privatpost mehr zu schreiben. Es war mir eine Lehre.

Ein Christbaum im Juni

Als die Kinder noch klein waren, liebten wir die Abende unter dem Christbaum. Es war dann immer noch etwas von Weihnachten in der Luft und das wollten wir festhalten. Oft stand der Christbaum bis zum Januar hinein. Im Januar hatte Susanne Geburtstag und nach der Feier kam dann das große Aufräumen. Dabei flog auch der Christbaum heraus.

Einmal kam es aber anders. Susannes Geburtstagsfeier war schon längst vorbei, aber ich hatte meine Hausarbeit abzugeben und das war jetzt wichtiger als der Christbaum. Das machen wir dann, wenn ich meine Arbeit abgegeben habe, so dachte ich jeden Tag.

Der Christbaum stand noch im Februar. Nach der Abgabe der Arbeit bekam ich einen Termin für eine Lehrprobe und das war wieder eine Riesenarbeit. An den Christbaum hatten wir uns gewöhnt. Wir sahen ihn nicht mehr so richtig. Wenn es schneite, sah es noch ganz gut aus. Nur wenn die Sonne kräftig schien, dann war ich unglücklich. Ja, aber er blieb stehen. – Nach der Lehrprobe mache ich wieder mal alles gründlich sauber, das nahm ich mir immer wieder vor.

Hin und wieder nahm ich ein paar Kugeln und Sterne ab, damit er nicht mehr so weihnachtlich wirkte. Es war inzwischen März und die Sonne schien auf seine immer noch grünen Zweige. Er nadelte noch nicht mal. Dann kam die Prüfung und ich dachte nur noch an die Dinge, die ich mir noch einprägen musste und die ich noch vorbereiten musste.

Dann war da eine schwierige Klasse, für die ich viele zusätzliche Vorbereitungen treffen musste. Klassenarbeiten waren zusammenzustellen und nachzusehen. Da kann man in Teufels Küche kommen, wenn man Arbeiten zu spät zurückgibt oder gar irgendwo einen Punkt vergisst. Dagegen ist ein vergessener Christbaum eine Kleinigkeit.

Inzwischen war April und im Mai wollte ich mit meiner Klasse nach Frankreich fahren. Noch so viele Dinge waren zu besprechen und zu regeln – zu Hause und in der Schule. Die Betten noch mal abziehen, die Wäsche waschen, damit nichts fehlte, wenn ich nicht da wäre. Es würde schon alles klappen.

»Den Christbaum, den lassen wir jetzt stehen, bis ich wieder nach Hause komme. Dann machen wir alles gründlich sauber.«

Der Christbaum blieb stehen. Er war zwar inzwischen abgeschmückt worden, aber seinen angestammten Platz behielt er bis zu den Sommerferien. Dann kam der große Hausputz. Wir hatten uns allerdings so an ihn gewöhnt, dass wir ihn bis zum Herbst auf der Terrasse stehen ließen. Dann wurde er hässlich, alt und braun, aber die Nadeln gab er nicht her.

Ich glaube, wenn es einen Guinnessbuch-Eintrag für einen Baum gäbe, der am längsten Christbaum war, dann hätte unser Baum gewonnen.

Ein Führerschein muss sein

Wir hatten jetzt ein Auto und das war ein großer Schritt zur Selbstständigkeit. Damals hatten hauptsächlich die Männer den Führerschein. Es kam erst langsam auf, dass auch Frauen den Führerschein machten, jedenfalls hier im ländlichen Raum.

Am Anfang wurde ich belächelt, als ich den Wunsch äußerte, auch den Führerschein zu machen. »Wann willst du denn fahren? Willst du etwa alleine fahren? Und wohin?« Man war noch skeptisch, ob Frauen so viel Verstand besaßen, um ein Auto zu fahren.

Mir traute man es nicht zu und ich ärgerte mich. Meine Großmutter war sehr dagegen. »Du hast doch Kinder«, sagte sie, »da gehört es sich nicht, dass du mit dem Auto herumfährst« – solche Sachen musste ich hören. In den Köpfen war die Vorstellung fest verankert, dass eine Frau total ausgefüllt und ausgelastet ist, wenn sie Haushalt und Kinder betreut. Neumodisch war, dass auch Frauen mit dem Auto fuhren.

Ja, ich meldete mich bei einer Fahrschule an und hatte auch schon bald die erste Fahrstunde. Ich war aufgeregt und machte alles falsch, was man nur falsch machen kann. »Ich muss jetzt mit dir irgendwo auf einem Waldweg das Fahren üben«, so quengelte ich laufend mit meinem Mann. »Du musst mir das beibringen.« Ich hatte von anderen Fahrschülerinnen bei den Theoriestunden gehört, dass der Mann oder der Freund bereit waren, bei den Übungen zu helfen. Schon alleine deshalb, weil dann der Führerschein nicht so teuer wurde.

Bei mir würde er teuer werden, denn Horst weigerte sich, mit mir zu fahren. – Einmal, ja, einmal durfte ich irgendwo hinter Schrecksbach auf einer einsamen Straße mal ans Steuer. Er schrie neben mir herum, dass ich nie ein Auto fahren würde, wie ich mich anstellte usw. Als uns ein Auto entgegenkam, hielt er sich die Augen zu und duckte sich. Er war auf alles gefasst.

Das Fahren selbst ging eigentlich, aber das Losfahren und das Schalten, das war schwer für mich. Ich fuhr seiner Meinung nach zu weit rechts oder aber zu weit links. Ich hörte auch nicht, wann geschaltet werden musste. Oh, ich glaubte bald selbst, dass ich niemals das Fahren erlernen würde.

Er gab mir einen guten Rat: »Wenn ein Auto entgegenkommt, dann biege schnell in den nächsten Feldweg ein.« Jeglichen Wind hatte Horst mir aus den Segeln genommen.

Nach einer Reihe von Übungsstunden mit dem Fahrlehrer meldete er mich tatsächlich zur Prüfung an. Zuerst kamen die Fragebogen und das war nicht schwer für mich. Alle anderen Prüflinge hatten mehr Angst vor dem Theorieteil. »Fahren kann ich schon lange«, sagte die Frau neben mir, »aber bei der Theorie bin ich schon zweimal durchgefallen.« Ich hatte Bammel vor dem praktischen Teil. Gleich kam ich dran.

Ich saß am Steuer und zitterte. Dann sollte ich plötzlich einparken. Das hatte ich noch nie richtig gemacht. Zuerst fuhr ich neben das Fahrzeug, hinter dem ich einparken sollte. Gut. Jetzt den Rückwärtsgang rein, und wenn ich auf einer gewissen Höhe bin, dann einschlagen und – na ja, es klappte nicht. Ich fuhr leider so weit auf den Bürgersteig, dass ich einen leeren Mülleimer umschmiss. Er rollte laut scheppernd die Straße hinab. Damals waren die Mülleimer noch nicht aus Plastik. Da es früh am Morgen war, öffneten sich einige Fenster in der Straße, denn es entstand ein Tumult.

Ich durfte aussteigen und zu Fuß nach Hause gehen. Heulend kam ich zu Hause an und war wütend auf die ganze Welt und auf mich.

Aufgegeben habe ich allerdings nicht. Drei Wochen später glückte mir der Führerschein. Ich bestand die Prüfung. Zum Glück sollte ich damals nur immer geradeaus fahren. Falls ich hätte an einem Berg einparken müssen, wäre es mir wahrscheinlich wieder zum Verhängnis geworden, denn das kann ich bis heute nicht.

Ein Haus und die Eigenleistungen

Ja, wir werden ein Haus bauen. Der Schwiegervater war die treibende Kraft. »Ihr seid jung und ihr schafft das.« Er hatte kurz nach dem Krieg sein Haus gebaut und sein Wunsch war, dass auch alle seine Söhne ein Haus bauen. Horst verdiente damals 600 DM und ich 250 DM. »Wir machen ja viel in Eigenleistung«, das war immer sein Spruch.

Und dann ging es wirklich los. Opa Willi mit Sohn, jeder einen Spaten auf der Schulter, stampften zum Baugrundstück. Heute sollte der Mutterboden abgetragen werden, denn dieser gute Boden würde später für die Gartenanlage notwendig sein.

Stunden später brachte ich mit den Kindern das Frühstück zur Baustelle. Peter saß noch im Kinderwagen und Susanne daneben. Ein kleines Häufchen Erde – das war das Ergebnis der stundenlangen Grabarbeiten. Horst hatte schon eine Blase an der Hand, denn die Arbeit war ungewohnt für ihn.

Dann fing es an zu regnen und ich war froh, dass ich mit den Kindern wieder den Heimweg antreten konnte. Die beiden Gestalten gruben weiter.

So ging das nun Tag für Tag, und als Horsts Urlaub vorüber war, da war der Mutterboden abgetragen und die Baugrube war sogar ausgehoben. Dabei hatten Horsts Arbeitskollegen geholfen. Ein Bagger wäre zu teuer gekommen. Nun wurde weitergegraben, denn nun kamen die Abflussrohre in den Boden. Hier war der Opa aus Hopfgarten zuständig. Er war der geeignete Mann, wenn etwas einzuschalen war. Er besorgte die Bretter.

Dann kam das erste Material – eine riesengroße Ladung Kies. Bei der Verteilung der Kiesladung halfen alle Familienmitglieder mit und das ging recht flott. Dann kam der Tag, an dem Opa wieder einmal die Mischmaschine bedienen durfte. Er erinnerte sich an seinen eigenen Hausbau und an seine Eigenleistungen. Opa achtete auf die richtige Mischung von Sand, Wasser und Zement. Er war in seinem Element.

Bei der Bodenplatte halfen wieder Horsts Arbeitskollegen und Opa hatte die Oberaufsicht. Er war der erste Mann bei der Baustelle und auch der letzte.

Wenn alle schon müde nach Hause zogen, dann kam Opa mit dem Wassereimer und reinigte die Mischmaschine. Immer wieder schüttete er Wasser hinein und ließ sie laufen. Einmal links herum und dann wieder zur anderen Seite.

Für meinen Schwiegervater gab es nichts Schöneres als das Geräusch der Mischmaschine, denn er war der geborene Häuslebauer und seine Eigenleistungen sind nicht zu beschreiben. Danke, lieber Papa!

Ein katholischer Mann

Seit ich denken konnte, waren außer meiner Großmutter und mir und noch einigen Heimatvertriebenen in Ermenrod alle Menschen evangelisch. Als Kind litt ich darunter, denn ich wollte möglichst so sein wie alle, und zwar in jeder Beziehung. Ich war ein Kreuzkopf und wollte keiner sein.

Als ich älter wurde und die Handelsschule besuchte, waren wir katholischen Schüler zwar immer noch in der Minderzahl, aber beim Religionsunterricht wurden mehrere Klassen zusammengefasst und ich war zufrieden als Katholikin. Jeden Morgen besuchte ich mit einer Freundin die katholische Kirche, die gleich neben unserer Schule war, und alles war bestens.

Als ich 16 oder 17 war, fragte mich unserer Herr Pfarrer in Groß-Felda, ob ich schon einen Freund hätte. Damals war ich mit einem Bäcker aus Homberg befreundet, und er fragte mich, ob dieser denn katholisch sein. »Nein«, sagte ich. »Er ist evangelisch.« Der Pfarrer machte ein ganz ernstes und trauriges Gesicht und sagte: »Das wirst du mir doch nicht antun.« Im ersten Moment wusste ich nicht, was er meint, denn was hatte der Herr Pfarrer damit zu tun?

Dann machte es klick und ich verstand. Unser Herr Pfarrer wollte nicht, dass ich einmal einen evangelischen Mann heirate. Nun machte ich mir plötzlich selbst auch Gedanken, die ich mir noch nie gemacht hatte. Man müsste sich doch gut verstehen bzw. lieben, wenn man sich heiraten wollte, und dann wäre es doch zweitrangig, wenn dieser liebe Mensch, den man sich ausgesucht hätte, evangelisch sei. Er konnte doch ebenso wenig dafür wie ich. War es denn ein Makel, evangelisch zu sein, und war es umgekehrt vielleicht so, dass die evangelischen Pfarrer vor einer Heirat mit einem katholischen Mädchen warnten?

Wie sollte man sich da richtig verhalten? Wenn mich jemand zum Tanzen aufforderte, sollte ich dann vielleicht gleich fragen, ob er katholisch ist? So reich waren die Katholiken nicht gesät hier in der Diaspora. Nun, ich war sicher sehr naiv, was ich zuweilen heute noch bin.

Nach dem nächsten Gottesdienst rief mich der Pfarrer in die Sakristei und gab mir Unterlagen über den Don-Bosco-Kreis und die katholische Ackermanngemeinde. Eine Reihe von Seminaren und Vorträgen wurden angeboten.

»An einer dieser Veranstaltungen nimmst du teil«, sagte er, »und es wäre gelacht, wenn du keinen katholischen Mann finden würdest. Das wird schon klappen.«

An den verschiedenen Klosteraufenthalten, Seminaren und Tanzveranstaltungen, Vorträgen usw. hatte ich große Freude, das muss man schon sagen. Einen wunderschönen Silvesterabend verlebte ich in Königstein im Taunus und der Herr Pfarrer brachte mich zum Bahnhof und holte mich wieder ab.

Keinen der jungen Herren, die ich kennenlernte, fand ich so interessant, dass ich ihn hätte heiraten wollen. Ja, bei mir kam sogar der Gedanke auf, überhaupt nicht zu heiraten, sondern ins Kloster zu gehen. Diese besondere Ruhe und die Zufriedenheit im Kloster waren überwältigend für mich und zogen mich an wie ein Magnet.

Einmal rief mich der Pfarrer zu sich und bat darum, einem gewissen katholischen Studenten aus Ober-Breidenbach oder Strebendorf behilflich zu sein. Dieser habe sich bereit erklärt, in diesem Jahr den Adventkranz zu schmücken, und ich sollte ihm also helfen. »Die Schleifen und die Kerzen, alles ist schon da. Du brauchst nur in die Kirche zu kommen.«

Nun, warum nicht? Ich ging hin und der junge Mann war schon da. Der Kranz war eigentlich schon fertig. Zum Befestigen der vier roten Schleifen und der vier roten Kerzen brauchten wir zwei Minuten. Was sollte diese Aktion? Da steckte doch etwas anderes dahinter? Der junge Mann bedankte sich, obwohl ich ja nichts gemacht hatte, und dann war die Sache erledigt.

Einige Monate später gab der Herr Pfarrer zu, dass er versucht habe, mich mit einem katholischen Mann zusammenzubringen. Nun, das hatte nicht geklappt. Wenn ich mich recht erinnere, hatten wir uns in der kurzen Zeit, die wir für unsere Schmückarbeit brauchten, nicht einmal unterhalten. Das war alles zu kurz und vom Herrn Pfarrer schlecht geplant.

Einen katholischen Mann fand ich dann aber ganz zufällig und ohne Plan in Ruhlkirchen auf der Kirmes. Und dass er katholisch war, das war mehr oder weniger auch nur Zufall.

Ein Kind

Ja, anscheinend bin ich schwanger! Morgens, wenn ich aufstehe, renne ich zur Toilette, weil mir übel ist. Vielleicht habe ich mir aber auch den Magen verdorben? Konnte es denn sein, dass ich ein Kind bekomme? Es war für mich unvorstellbar, ein Baby – so ein kleines Kind – zu bekommen. Zunächst konnte ich mich nicht damit anfreunden. Ach, Unsinn, ich doch nicht. Aber warum nicht? Um mich zu freuen, kam mir die Sache zu unglaublich vor. Wie naiv war ich eigentlich? Ja, wir wollten später heiraten und dann auch irgendwann Kinder bekommen.

Ich wollte immer fünf Kinder haben, aber jetzt schon? Aufgeregt bin ich nicht. Warum auch? Ich hatte einen Verlobten und war im geeigneten Alter zum Kinderkriegen. Es war eigentlich alles so wie bei den anderen Mädchen. Nun würden wir heiraten, denn das war früher die erste Idee, wenn man schwanger war. Ein uneheliches Kind war damals kein »freudiges Ereignis«, sondern eher eine Schande. Ein Mädchen mit einem unehelichen Kind stand am Rande der Gesellschaft. Wohl wurde man nicht gerade verstoßen, wie 50 Jahre vorher, aber man galt als »verkommen«. Jedes Mädchen hütete sich davor und war darauf bedacht, dass ihr so etwas nicht passierte.

Es passierte damals auch wirklich selten, dass ein Kind unehelich auf die Welt kam, jedenfalls im dörflichen Bereich. Die jungen Leute damals waren nicht so freizügig und locker. Es gab noch keine »Pille« und ein Mädchen ließ sich mit einem Jungen wirklich nur nach reiflicher Überlegung ein und hatte im Hinterkopf, ob dieser Mann wirklich ein Mann fürs Leben sei.

In den Dörfern und kleinen Städten im Vogelsberg war es so, dass meist dann geheiratet wurde, wenn ein Kind unterwegs war. Gewiss gab es auch Ausnahmen, aber in der Regel war es so, und so würde es auch bei mir sein.

Als ich selbst fest daran glaubte, schwanger zu sein, erzählte ich es meinem Verlobten Horst. Er schaute ganz ernst und dann kratzte er sich am Hinterkopf. Das tut er immer, wenn er scharf nachdenkt. Dann lächelte er stolz. Was hatte er da wieder Großartiges geleistet!

Ein nagelneues Fahrrad

Wenn man meinen Mann Horst kennt, dann weiß man, wie wichtig es für ihn ist, mobil zu sein. Das war schon immer so. Als er ein kleiner Junge war, wünschte er sich nichts sehnlicher als ein Fahrrad. Mit einem Fahrrad war man viel schneller irgendwo und dann auch wieder gleich zu Hause. Man konnte Kunststücke vollbringen und Wettrennen veranstalten. Ohne Fahrrad war seine kleine Welt nichts wert. Aber was machen? Sein Vater und seine Mutter hätten ihm gern den Wunsch erfüllt, aber das Geld war knapp.

Sein Vater fuhr täglich nach Gießen, da er dort seine Arbeitsstelle hatte. Er nahm den Zug hin und zurück. Nun hatte mein Schwiegervater ein besonderes Talent, zunächst an sich selbst zu sparen. Was wäre, wenn ich mit meinem alten Herrenrad nach Gießen fahre? Das kostet nichts, und so spare ich das Geld für die Fahrkarte. Gesagt, getan, er stand täglich zwei Stunden früher auf und fuhr mit dem Rad nach Gießen – er kam auch zwei Stunden später am Abend nach Hause.

Horst ahnte zunächst nichts. Und dann kam sein Geburtstag. Papa war ein Jahr lang statt mit dem Zug mit dem Fahrrad nach Gießen gefahren – und Horst kurvte mit seinem nagelneuen Fahrrad um die Ecke. Er war das glücklichste Kind in der Unter-Fulder-Gasse.

Fahrerflucht

Es ereignete sich in Frankfurt am Main. Frankfurt war seit einigen
Wochen mein Ausbildungsort. Ich besuchte die Hessische Akademie
für Bürowirtschaft. In der Mittagspause gingen wir in den »Hafer-
kasten« und aßen Salat. Wenn wir etwas Zeit hatten, schlenderten
wir durch die Geschäfte. Meistens kaufte ich ein kleines Geschenk
für meine Kinder, denn ich hatte immer ein schlechtes Gewissen. Sie
waren versorgt, denn Horst war zu Hause oder eine Oma, aber ich tat
es. Nach der Schule fuhren Renate und ich wieder in den Vogelsberg.
Renate hatte ich erst bei der Akademie in Frankfurt kennengelernt,
obwohl sie wie ich aus Alsfeld stammte. Wir bildeten eine Fahrge-
meinschaft und ich glaube, es war für uns beide eine glückliche Zeit.

An diesem bestimmten Tag war ich allerdings alleine in Frankfurt. Renate war krank. Ein Dozent lud uns auf einen Apfelwein ins »Bemalte
Haus« nach Sachsenhausen ein. Ich kannte wohl inzwischen den Weg
zur Schule in der Seilerstraße und dann auch wieder nach Hause, aber
sollte ich es wagen, durch die Stadt bis nach Sachsenhausen zu fahren?
»Das schaffst du«, sagten alle. »Du fährst uns einfach nach. Das ist
kein Problem.« Ja, ich wollte ja auch dabei sein und ich war noch nie
in Sachsenhausen gewesen. Ich würde hinter den anderen herfahren.

Nach der Schule in die Autos und los ging die Fahrt. Ich kannte inzwischen die Fahrzeuge der Mitschülerinnen. Wir waren fast nur Frauen.
Zunächst ging alles gut. Ich sah schon den Main, aber dann war die
Ampel rot und weg waren sie. Ja, jetzt war grün und ich fuhr, aber wo
war ich denn hier? Sachsenhausen hatte ich mir anders vorgestellt. Ich
war wohl nicht in Sachsenhausen gelandet. Irgendwo musste ich jetzt
anhalten und fragen. In einer kleinen Seitenstraße sprach ich einen
Passanten an und fragte nach dieser berühmten Apfelweinwirtschaft.

Ja, ich war fast richtig. Es war ganz in der Nähe. Nun suchte ich einen Parkplatz. Von den Fahrzeugen, die ich kannte, war nichts zu sehen. Wo stelle ich mich denn jetzt hin? Schon wieder entfernte ich mich zu weit von der bestimmten Stelle. Wie lange sollte ich denn da laufen? Irgendwann klappte es dann. Der Parkplatz war da. Da ich nicht so richtig einparken kann, war es ein langes Hin und Her, aber schließlich konnte ich mich auf den Weg zu meiner Gruppe machen.

»Ja, da bist du ja. Wir warten schon auf dich! Wo gondelst du denn rum?« Egal – ich war jetzt da und bekam ein Glas »Äppelwoi« . Die anderen müssen ja auch noch fahren, dachte ich. So viel Alkohol wird nicht drin sein. Schmeckt ganz schön sauer, aber sauer macht lustig. Nein, essen wollte ich nichts, denn ich würde ja zu Hause etwas zu essen machen. Horst konnte nicht kochen, und so wartete man immer auf mich.

Das Essen roch verführerisch und ich aß dann doch etwas und trank auch noch ein Glas Äppelwoi. Es tat uns richtig gut, einmal so ungezwungen zusammenzusitzen und zu lachen und von den Familien zu erzählen, die einige auch schon hatten. Ich trank dann noch ein Glas dieses Getränkes, das mir irgendwie schmeckte. Dann gingen die Ersten und ich dachte mit Schrecken, dass zu Hause alle auf mich warteten. Sie wussten ja nicht, dass ich hier eingekehrt war, und ein Handy gab es noch nicht. Dann stand ich alleine vor dem »Bemalten Haus«. Es fing an zu regnen. Wo war denn mein Auto? Ich überlegte fieberhaft. Aus welcher Richtung war ich gekommen? Ich lief die Straße entlang und bog hier und dort ab. Hätte ich mir doch wenigstens den Straßennamen gemerkt! Aber so bin ich halt, ich dumme Gans. Ich hatte mich nur auf das Treffen konzentriert, und nun hatte ich es auszubaden.

Da! Gott sei Dank. Da stand mein Auto. Auf die Freude über das Fahrzeug kam sofort der Schreck. Das Auto war total eingeparkt.

Stoßstange an Stoßstange standen die Fahrzeuge. So hatte ich doch nicht geparkt! Aber nun war nichts zu machen. Ich stieg erst einmal ein, denn es regnete jetzt richtig stark. Eine Weile blieb ich sitzen und hoffte darauf, dass vielleicht das Auto vor mir wegfuhr oder das Auto hinter mir, damit ich aus der Parklücke kam.

Nun dachte ich an meine Lieben zu Hause. Ich will jetzt heim! Nun kam die Panik! Raus aus der Parklücke – irgendwie. Der Alkohol spielte wohl auch eine Rolle, der Regen, der Wunsch, endlich auf der Autobahn zu sein. Ich schaltete den Rückwärtsgang ein und fuhr tatsächlich ein Stück zurück. Das Auto hinter mir wackelte etwas. Das sah ich durch die regennasse Scheibe. Dann schaltete ich den Vorwärtsgang ein und drehte das Lenkrad bis zum Anschlag und fuhr los. Ich musste Gas geben, denn die Stoßstange meines Wagens hing mit der Stange des Vorderfahrzeugs zusammen.

Mein Sinn war Flucht. Ich gab Gas und schaute nach einem blauen Schild, das mich zur Autobahn führen sollte. Dann war ich auf der Autobahn und fing an zu heulen. Was hatte ich angerichtet? Ich fuhr auf einen Parkplatz und besah mir den Schaden. Ein großer, dicker Kratzer über die ganze Seite des Autos. Na klar! Was hatte ich denn erwartet? Beide Stoßstangen verbogen, aber das sah ich erst am nächsten Tag. Nun nichts wie heim!

Verheult und völlig aufgelöst kam ich zu Hause an. Ich erzählte alles und wir berieten. Horst sagte: »Was passiert ist, ist passiert. Keiner hat Schaden genommen, aber du musst jetzt gleich die Polizei in Frankfurt anrufen und erzählen, was du gemacht hast. Du musst dich selbst anzeigen wegen Fahrerflucht.«

Ja, das tat ich dann. Haargenau und ganz langsam musste ich alles erzählen, denn der nette Polizist schrieb alles mit. Irgendwie war ich danach ganz leicht. Ich hatte mir ein großes Donnerwetter von Horst vorgestellt, aber das blieb aus. »Du bist ja da«, sagte er nur, und das tat gut.

Gehört habe ich nie mehr etwas von der Polizei aus Frankfurt.

Für immer Hausfrau und Mutter

Meine kleine Tochter entwickelte sich prächtig. Einmal war unser Freund Wolfgang zu Besuch. Er wartete auf Horst, denn er wollte mit ihm irgendetwas besprechen. Es sollte Fleisch geliefert oder abgeholt werden. Ich bügelte und Wolfgang saß am Herd und überprüfte hin und wieder, ob die Kartoffeln gar waren. Dann weinte Susanne und Wolfgang nahm sie auf den Schoß. Sie wollte herumgetragen werden und Wolfgang begutachtete mit ihr zusammen die Zimmerpflanzen.

Plötzlich blieb er stehen und sagte: »Weißt du, dass bei dir alles gedeiht?« – Ja, er hatte wohl recht. Darüber hatte ich mir keine Gedanken gemacht. Ja, ich fand es sogar selbstverständlich, dass das Kind und auch die Pflanzen gediehen. War das nicht das Normalste auf der Welt? Ich hätte dankbar sein müssen, dass ich so ein glückliches Leben führte.

Aber – ich war nicht ganz glücklich. Ich war zwar nicht unglücklich, aber meine Arbeit am Landratsamt fehlte mir. Es war nicht nur die Berufstätigkeit selbst, es war alles zusammen. Die freudige Begrüßung am Morgen, wenn man sich wieder zur Arbeit einfand, das ganze Miteinander, das Lachen, die Späße, die Beschwerden, wenn was nicht klappte. Das fehlte mir. Ich gab es nicht zu, denn man hätte mich wahrscheinlich ausgelacht. Im Stillen dachte ich oft: Da sitze ich zu Hause unnütz herum, obwohl wir uns so sehr ein eigenes Auto wünschen.

Nun umrundete ich täglich meine frühere Arbeitsstelle, das Landratsamt. Hin und wieder sah ich bekannte Leute und freute mich. Es war doch eine schöne Zeit gewesen, als ich noch zur Arbeit ging. – Dann irgendwann geschah es. Der Personalchef hatte Mittagspause und ging in die Stadt. Ich war gerade wieder dabei, mit meinem schlafenden Kind die Runden zu drehen. »Mir fehlen dringend Leute – willst du nicht wieder mit einer Halbtagsstelle zu uns kommen?« Ja, da hatte er den Nagel auf den Kopf getroffen.

Am Abend weihte ich meinen Mann und meine Schwiegermutter ein. Sie waren einverstanden. Schon am nächsten Tag ging ich wieder zum Amt. Leider war es nicht so einfach, wie ich es mir vorgestellt hatte. So sehr hatte ich mich an Susanne gewöhnt, dass mir die Tränen kamen, wenn ich sie verlassen musste, aber ich redete mir dann schnell ein, dass ich ja bald wieder zu Hause wäre. Mit der Zeit gewöhnten wir uns alle daran und der Schritt zum eigenen Auto war nicht mehr weit.

Zufrieden war ich leider immer noch nicht. Ich wollte nicht nur ein eigenes Auto haben, nein, auch ein eigenes Haus wollte ich haben. Ja, so sind wir Menschen. Könnten wir doch einmal zufrieden sein!

Hopfgartner Schnitzel

Es war in den ersten Monaten unserer Ehe. Wir aßen immer am Abend, denn unsere Mittagspausen waren zu kurz zum Kochen und Essen. Obwohl ich gern kochte, freute ich mich auf den Sonntag, denn dann fuhren wir nach Groß-Felda zu Oma und Tante. Oft kochte Tante zum Wochenende und meist gab es Schnitzel. Die Schnitzel waren ein besonderer Genuss, denn sie waren schön weich und das liebte ich. Es war Omas Schnitzelrezept, das meine Tante übernommen hatte. Dazu gab es Stampfkartoffeln und Salat.

Mein Mann Horst hatte auch eine Oma, und zwar in Hopfgarten. Dort war in der vergangenen Woche ein Schwein geschlachtet worden und das junge Ehepaar, wir, war zum Mittagessen eingeladen. Oh, es gab Schnitzel.

Die Pfanne kam auf den Tisch und ich zählte »vier« Schnitzel. Wir waren ja auch vier Leute, nämlich Oma, Opa, Horst und ich. »Greift zu, sagte die Hopfgartener Oma und nickte Horst und mir zu. Eins der Schnitzel war nur halb so groß wie die anderen, aber etwas dicker. Horst nahm sich ein großes. Ich nahm mir das kleine Schnitzel, das daneben lag. Oma und Opa langten ebenfalls zu. Wir aßen.

Schon beim ersten Bissen merkte ich, dass dieses Schnitzel vom Geschmack her doch sehr von den mir gewohnten abwich. Gut, die Panade schmeckte irgendwie nach Fleisch, aber das Innere? Beim zweiten und dritten Bissen war ich mir sicher, dass es nach Brot oder Brötchen schmeckte. Horsts Oma beobachtete mich, und als ich das letzte Stückchen gegessen hatte, fragte sie: »Wie hat dir denn das ‚Schnitzel' geschmeckt?« – »Gut«, sagte ich schnell, aber gedacht habe ich mir, dass es nicht nach Schnitzel geschmeckt hat.

Horst meinte, dass man schon geschmeckt habe, dass das Fleisch ganz frisch gewesen sei, denn man habe ja kurz vorher geschlachtet. Da fing Horsts Oma an zu lachen. Wir wussten zunächst nicht, worüber sie lachte, aber dann klärte sie uns auf: Mein Schnitzel sei kein echtes Schnitzel gewesen, sondern es war der Rest des Weckmehls, das sie mit den Ei- und Mehlresten verknetet und zu einem kleinen Teil geformt habe, das dann nach dem Braten wie ein Schnitzel ausgesehen habe. Nun lachten wir alle, aber ich nur kurz, denn ich kam mir betrogen vor. »Du hättest es dir nicht zu nehmen brauchen«, sagte Oma und damit hatte sie recht.

Auf dem Heimweg erzählte mir Horst, dass die jungen Männer oder Frauen, die in einen Bauernhof einheirateten, die Blutwurst essen müssten. Alle anderen bekämen die gute Bauern-Cervelatwurst. Die Blutwurst sei die Wurst der »Beigefreiten«. Horst meinte, dass er für sein Leben gern Blutwurst esse, aber er habe keine Bäuerin gefunden, die er habe heiraten können. Alleine wegen der Blutwurst hätte er das gern getan.

Eigentlich, dachte ich, bin ich auch eine »Beigefreite«, jedenfalls auf dem Hof in Hopfgarten. Ich hatte das »unechte Schnitzel« bekommen bzw. hatte es mir genommen.

Horsts größter Fisch

Was mein lieber Mann tut, das tut er mit großer Leidenschaft. Früher war die Sache noch etwas ausgeprägter. Er kegelte nicht nur so, nein, er musste der Beste sein, oder fast der Beste. Er spielte auch nicht nur eben so zum Zeitvertreib Skat. Nein, er musste Preise gewinnen und sich beweisen. So war es auch bei seiner Angelleidenschaft. Er war bestrebt, einen möglichst großen Fisch zu fangen. Den größten Fisch wollte er haben.

Im Morgengrauen war er mit seinen Anglerfreunden losgefahren. Er war der jüngste Angler, aber schon ein richtiger Fuchs. Es kam auf die Witterung an, auf den Köder, auf den Blinker, auf das richtige Werfen und was weiß ich noch alles. Und Horst hatte die Nase vorn.

Die Angelgesellschaft traute ihren Augen nicht. Was hatte Horst an seiner Angel? Einen Hecht von sage und schreibe 16 Pfund. Das würde in die Alsfelder Angelgeschichte eingehen. Horst war stolz wie ein Spanier. Dann zu Hause im heimischen Revier kam die Presse und der Meisterangler wurde mit Fisch für die Nachwelt abgelichtet.

Gegen Abend kam dann der Gatte nach Hause. Er war immer noch sehr stolz und von sich selbst begeistert. Er hatte mit seinen Mitanglern schon ordentlich auf den großen Erfolg angestoßen.

Alle Hausbewohner liefen ihm entgegen. Susanne war zwei Jahre alt und der Fisch war ungefähr so groß wie sie. Er war ihr nicht geheuer. Oma wollte ein Bild von Susanne mit Fisch, aber nein! Sie schrie aus Leibeskräften. Peter war ca. ein Jahr alt und freute sich und ließ sich mit Fisch fotografieren.

Dann bekam ich den Fisch und Horst meinte, dass ich ihn unbedingt präparieren müsse. Er wollte sich den Kopf des Fisches über sein Bett hängen. Ja, wie präpariert man denn einen Fisch? »Du musst ihn zuerst in Asche abkochen«, das riet ein Anglerkollege. »Und wo nehme ich die Asche her?« Mein Schwiegervater meinte, dass er uns Asche besorgen könne, denn er hatte immer für alles eine Lösung.

Die Sache mit dem Präparieren gelang nicht. Trotz meiner Bemühungen, die Trophäe zu erhalten, fing der Fisch im Topf mit der Asche an, fürchterlich zu riechen. – Ja, was macht man mit einem stinkenden Fisch? … Genau.

Gut, dass wir ein Bild hatten zum Andenken, denn sonst blieb nichts übrig.

Petri Heil!

Unser neues Haus

Unser neues Haus auf dem Rodenberg war noch nicht ganz fertig, aber wir konnten es nicht erwarten, endlich einzuziehen. »Ich kann dann auch mehr machen, wenn wir da oben wohnen, denn es entfallen die An- und Abfahrtszeiten und ich kann am Abend länger machen usw.«, meinte Horst. Wir hätten dann die Baustelle im Haus und das erschien uns sehr praktisch und sinnvoll.

Die Kinderzimmer waren neu und warteten auf unseren Nachwuchs. Als die Küche fertig, die Wasserversorgung gesichert war und die Toilettenspülung funktionierte, sagten wir uns: »Eigentlich brauchen wir nur unser Bett abzuschlagen und wieder aufzustellen, und schon können wir einziehen.« Wir waren so begeistert, dass wir vor Freude herumtanzten.

Den Umzug übernahm nicht etwa eine Umzugsfirma. Den größten Teil der Transportarbeiten erledigte meine Freundin Inge mit ihrem VW-Käfer. Während Peter und Susanne mit Inges Zwillingen spielten, packten wir das Auto immer wieder voll und alles kam zunächst ins neue Wohnzimmer und wurde dort gestapelt bzw. gelagert. Alle Kleidungsstücke, die Wäsche, die Schuhe, die Kindersachen, Töpfe, Bettzeug und der ganze Kleinkram lagen auf einem großen Haufen. Horst und sein Bruder schraubten die Betten auseinander und transportierten diese mit offenem Kofferraumdeckel ins neue Haus.

Ja, heute würden wir einziehen. Nun ging es doch schnell. Das Wichtigste hatten wir aus der alten Wohnung hierher transportiert. Die erste Nacht im neuen Haus. Auch die Kinder waren aufgeregt. Schon oft hatten wir davon gesprochen. Zunächst mussten die Betten bezogen werden, jedenfalls die Kinderbetten. Susanne und Peter sprangen in den neuen Betten herum und alles war aufregend. Jedes Kind hatte ein eigenes Zimmer. Peter hatte ein richtiges großes Bett und war stolz. Das Kinderbett war gestern.

Horst kramte im Keller herum und ich war sehr müde. Ich saß mit dem Rücken an der neuen Haustüre. Von außen war sie aus Kupfer. Das hatte Horst sich so gewünscht. Mir war die Tür wichtig, egal aus welchem Material sie war. Sie schloss gut und sie war zu. Alle meine Lieben waren im Haus. Ich hörte sie toben. Ein unheimliches Glücksgefühl überkam mich. Das war jetzt unser Haus. Es war einfach überwältigend. Viel, viel Arbeit stand noch an, aber es war mir gleichgültig. Wir würden es schaffen. Ein Gefühl kam in mir hoch, das ich bisher nicht kannte. Es war eine Mischung aus Dankbarkeit und Stolz.

Wie wir in dieser Nacht schliefen, weiß ich nicht mehr, wahrscheinlich wie Steine. Am anderen Morgen war es sehr kalt im Haus. Was ist mit den Heizkörpern? Die Heizkörper sind kalt. Ein neues Haus, gut und schön, aber warm muss es auch sein. – »Die Heizung läuft nicht«, sagte Horst. Die Enttäuschung war groß, aber was hilft dem kleinen Mann sein Zorn?

»Zieht euch an, wir fahren in die Eduard-Becker-Straße zum Frühstücken. Wir werden ja krank, wenn wir länger in dieser Kälte bleiben.«

Ein neues Haus ist erst richtig schön, wenn es auch schön warm ist!

»Dass ihr so schnell wieder hier seid, haben wir nicht geahnt«, sagten die Schwiegereltern. Der Heizungsfachmann wurde herbeizitiert und dann wurde es ganz langsam warm im Haus. Irgendwann konnten wir das erste Bad nehmen. Wir hatten zwar nur eine hellblaue »Sparwanne«, aber wir gingen trotzdem alle vier hinein. Viel Wasser war da nicht mehr nötig. Ja, das Bad war blau und die Kacheln rosa. Die

Dusche hatte einen rosa Vorhang und der Badteppich war ein Teppichbodenrest – zu einem Läufer zugeschnitten. Teppichboden hatten wir überall, außer in Küche und Bad. Das Bad war so winzig wie die Küche. Es war eine Einbauküche, und wenn ich in dem schmalen Schlauch stand und mich hin und her bewegte, war die Küche voll. Das war damals rationell und durchdacht. Die Küche war weiß und man sah jeden Fingerabdruck, aber uns gefiel alles.

Die Kinder hatten jeweils einen Schrank, einen Schreibtisch und ein Bett mit Bettkasten in ihren Zimmern. Susannes Zimmer hatte roten Teppichboden, rote Matratze, roten Bürostuhl und rote Wände. Eine Wand allerdings war mit einer Streifentapete tapeziert, die alle Rottöne aufwies von Rosa bis Violett.

Bei Peter war alles blau, was bei Susanne rot war. Das Schönste an den Zimmern waren die beiden Pudelhocker, die ein Gesicht hatten und gekämmt werden konnten. Immer wieder lief ich in eins der Zimmer und schaute mich um, denn ich konnte mich nicht satt sehen.

Das Schlafzimmer hatte einen lila Teppichboden, der wunderschön zu unseren hellen Möbeln passte. Eine Wand im Schlafzimmer bekam später eine Bildtapete, Thema: »Herbstwald«.

Sehr viel wert legten wir auf schöne Gardinen. Wir hatten an den Fernstern Schabracken und Stores, im Wohnzimmer in Gold und im Esszimmer in Rot. Sie wurden mit Raffbändern und goldfarbenen Kordeln gehalten.

Die Wände waren orangefarben mit Blumenmuster und braunen Kreisen tapeziert. Die Decken waren aus dunkelbraunem Holz. Das war damals edel und »gemütlich«. Der offene Kamin im Wohnzimmer war zum Einzug noch nicht fertig und er wurde auch in den nächsten zehn Jahren nicht fertig, was unserem Wohnzimmer immer einen Hauch von Baustelle gab. Es war nicht so, dass wir ihn nicht benutzen konnten, aber die »Riemchen« fehlten an einer Ecke.

Teppichboden war damals in. Unser Teppichboden war hellbeige in den Fluren, im Wohnzimmer und im Essbereich. Das Haus selbst war teilweise mit Glasbausteinen gebaut, was für uns einen Riesenfortschritt bedeutete. Der Treppenabgang und der Flur waren dadurch hell und freundlich. Im Eingangsbereich hatten wir eine Tapete mit Efeumuster. Das Arbeits- bzw. Gästezimmer hatte ein Waschbecken. Eine Waschgelegenheit für Besucher. Besser geht's nicht.

Natürlich hatten wir auch eine Kellerbar. Das war von Anfang an klar, dass es bei uns ohne Bar nicht geht. Eine Bar gehört in jedes Haus. Der Bartreesen bestand aus einem abgesägten alten Küchenschrank, aber er gefiel jedem. Tische und Bänke schweißte Horst damals selbst aus Eisenstangenresten. Opa setzte uns sogar eine alte, ausgediente Toilette in den Heizungskeller. Welch ein Luxus!

Horsts Kinderzeit

Kinderzeit – sorglose Zeit. So sagen die Leute, die es nicht besser wissen. Oft ist es so, dass die Erinnerung »vergoldet«. Wenn ich an meine Kindheit denke, dann war alles gut und schön. Wenn ich bestimmte Begebenheiten herausgreife, dann merke ich erst, dass auch die Kinderzeiten sehr oft ihre Sorgen und Nöte haben. Manchmal kann eine Kinderzeit auch hart sein. Den Kindern meiner Generation ging es ähnlich. Auch bei ihnen ist die Kinderzeit vergoldet und aller Kummer, alle Schmerzen und Traurigkeiten verschwinden unter Mantel der Erinnerung.

Horst arbeitete oft bei den Bauern auf dem Feld. Wenn die Schule aus war, stand bereits ein Bauer mit Traktor und Anhänger vor der Schule und viele Schulkinder gingen direkt von der Schule aus aufs Feld. Beim Kartoffellesen verdiente Horst ansehnliche Summen. Für einen Korb voll gelesener Kartoffeln gab es zehn Pfennige und das summiert sich. Zu Hause gab er das Geld ab, denn die Familie war auf jeden Pfennig angewiesen. Seine Mutter lobte ihn dann und er war glücklich.

Überhaupt war Horst sehr einfallsreich, wenn es darum ging, zu Bargeld zu kommen. Einmal wollte seine Mutter Waffeln backen. Das Waffeleisen wurde damals in den Kohleherd eingehängt. Seine Mutter suchte das Eisen im Keller, aber sie konnte es nicht finden. Horst hatte es versetzt. Beim Alteisenhändler gab es dafür eine beachtliche Summe.

Eine weitere Einnahmequelle war der Schießstand in der Steinkaute. Dort konnte man Kupferhülsen finden. Zu diesem Zweck befestigte Horst Steine an den Stellen, damit die Hülsen abprallten und er sie dann einfacher einsammeln konnte. – Einmal waren mehrere Kinder im Einsatz und im Anschluss an die Sucherei wurde ein Feuerchen entfacht.

Am Nachmittag hatte Horst Schule. Diese befand sich mitten in der Stadt – gegenüber der Sparkasse In der Pause sah Horst mit Entsetzen einen roten Himmel über dem Teil von Alsfeld, in dem sich der Schießstand befand. Oh Gott – wir haben das Feuerchen nicht richtig ausgetreten. Der kleine Wald brennt. Er lief so schnell er konnte durch die Stadt, bis er erkannte, dass kein Brand die Ursache war. Der Himmel war rot durch die untergehende Sonne. Der Lehrer schimpfte damals mit ihm, weil er zu spät zum Unterricht kam, aber er war erleichtert. Er hatte das Feuerchen doch richtig ausgetreten.

Im Krankenhaus

Wir waren sechs Frauen im Krankenzimmer. Fünf hatten bereits ihre Babys bekommen und ich harrte der Dinge. Nur einmal am Tag bekamen die jungen Mütter ihre Kinder zu Gesicht, denn sie durften nicht aufstehen, um evtl. zur Kinderstation zu gehen. Sie mussten im Bett bleiben. Nicht einmal zur Toilette durften die Frauen nach der Geburt gehen. Wir gingen »auf den Schieber« und das klappte, aber hin und wieder auch schlecht oder gar nicht. Auch Waschen mussten wir uns nach der Geburt im Bett. Einmal am Tag brachte man den Frauen die Kinder. Wenn sie gestillt hätten, dann hätte man ihnen die Kinder alle vier Stunden gebracht, um sie anzulegen, aber niemand stillte.

Ich wollte stillen. Ich wusste, dass auch ich 1944 von meiner Mutter gestillt worden war, und meine Tante hatte auch ihre fünf Kinder gestillt. Auch hatte ich, was für mich ganz eigenartig war, einen großen Busen. Die Frage: »Wollen Sie stillen?«, hatte ich eigentlich nicht erwartet. »Ja«, sagte ich mutig. Die Krankenschwester stellte mir ein Fläschchen auf den Nachttisch. Nun hätte ich natürlich fragen können, was ich mit der Flüssigkeit machen solle, aber ich traute mich nicht. Alle wissen dann, dachte ich, dass ich keine Ahnung vom Stillen habe. Es war sehr dumm von mir, nicht zu fragen, aber es war so.

Einige Zeit nach der Geburt wurde mir meine kleine Tochter gebracht. Vor lauter Staunen auf beiden Seiten und weil ich auch nichts vom Stillen verstand, kam es zu keiner echten Nahrungsaufnahme. Ich konnte mich zunächst nicht satt sehen an den kleinen Fingerchen und dem Gesichtchen und verstand nichts vom »Anlegen«. Das Baby wurde wieder abgeholt und es hieß: »Getrunken hat sie nichts.« Es war mir auch so vorgekommen. Sie hatte mich wohl eine Weile angeschaut, war dann aber eingeschlafen. Was war da zu machen? Auf jeden Fall wollte ich stillen, denn ansonsten hätte ich die Kleine ja nur einmal am Tag gesehen. Wie dem auch sei: Am dritten Tag nach der Entbindung musste ich abstillen.

Die anderen Frauen im Zimmer nickten und ich gehörte jetzt auch zu ihnen, zum Kreis der Frauen, die aus irgendeinem Grund nicht stillen konnten. Wir bekamen Spritzen, damit die Milch nicht einschießt, und durften nichts trinken. Ich hatte das Gefühl, dass die ganze Munition schon in meinem Busen gelandet war, denn meine Brust war steinhart. Keinen Tropfen durften wir trinken. Die Frau, die ihr Bett in der Nähe des Waschbeckens hatte, befeuchtete ihren Waschlappen und sog heimlich daran.

Nach der Geburt hatte ich beschlossen, nun keine Schmerzen mehr zu ertragen, aber ach, jede Bewegung schmerzte. Der Busen war hart wie ein Brett und musste gekühlt werden. Das gab etwas Erleichterung. Wenn mich mein kleines Mädchen besuchte, hatte ich keine Schmerzen. Ihr Gesichtchen war am Anfang etwas schief, denn die Geburt hatte lange gedauert, aber sie wurde jeden Tag hübscher. Die Augen hat sie von Horst, dachte ich.

Am sechsten Tag nach der Entbindung durfte ich aufstehen. Ich war wieder ganz schlank und schlapp. Als ich zum heiß ersehnten Waschbecken gehen wollte, wurde alles dunkel um mich. Dann saß ich plötzlich auf dem Stuhl vor dem Becken und erlebte das einzigartige Gefühl, mich wieder waschen zu können.

Karneval im Deutschen Haus

Es war im Jahre unserer Verlobung 1964 und Karneval im Deutschen Haus. Für mich war es etwas ganz Neues, dort im Deutschen Haus zu sein. Meine Alsfelder Bekannten gingen schon jahrelang zu diesem traditionellen Faschingsball. Man ging damals mit Maske. Ich fühlte mich schon halb als Alsfelderin und dieser Maskenball war etwas für mich. Ich würde mich verkleiden und mein Verlobter Horst würde mich nicht erkennen – ein Abenteuer. Ach, das wird ein Spaß! – Handschuhe würde ich brauchen, denn er kennt meine Hände.

Meine Arbeitskollegin, Frau Siebert, war sofort begeistert. »Meine Schwester, die Hulda, ist Schneiderin«, sagte sie, »und sie näht dir was, und Handschuhe habe ich auch für dich.«

Nun besuchte ich ab und zu meine Arbeitskollegin und Horst hegte keinen Verdacht. Auch ein paar Schuhe, in denen ich gut tanzen konnte, nahm ich mit und sie klebte einen Knopf drauf. Ich glaube allerdings, dass Horst auf meine Schuhe nicht geachtet hätte.

An diesem bestimmten Faschingsabend war Horst mit seinen Freunden verabredet. Dass ich auch dort sein würde, verriet ich nicht. Seine Freunde kannte ich alle, aber mich würde niemand erkennen. Das Feiern im Deutschen Haus war eine besonders schöne Sache. Gleich beim Eingang war die Garderobe und dort gab ich schnell meinen Mantel ab. Am Mantel hätte Horst mich vielleicht erkannt, aber nun war er weg. Die Garderobenmarke verschwand in Frau Sieberts Täschchen. Nun schaute ich zunächst in den unteren Gastraum und schlenderte einmal rund. Niemanden kannte ich.

An der Theke stand Horst auch nicht. Nun ging ich die breite Treppe nach oben in den eigentlichen Ballsaal. Alles voller Leute. Nun konnte man noch mal eine Treppe höher steigen, aber ich wollte mich dort platzieren, um Horst, wenn er kam, zu beobachten. Oh, da kam Robert direkt auf mich zu. Wir nannten ihn Bob. Ich tat so, als ob ich ihn nicht erkannte. Wegschauen, damit er keinen Verdacht schöpfte. Wenn mich Bob erkennt, dann ist alles umsonst gewesen, dachte ich mir.

Er erkannte mich sofort: »Hallo Moni!« – »Verrate mich ja nicht«, sagte ich und dann fragte ich ihn, woran er mich denn gleich erkannt hätte. »Das war nicht schwer«, sagte er. »Wenn du so dastehst und guckst, dann erkennt man dich sofort, aber ich verrate dich nicht.« Dann gingen wir rein in den Saal und tanzten. Danach gingen wir wieder eine Treppe runter und sprangen mit anderen verkleideten Leuten herum. Nichts war von meinem Verlobten zu sehen.

Nach einer ganzen Weile, nachdem ich mit einigen fremden Männern getanzt hatte, sah ich Horst an der Theke stehen. Wie kam ich jetzt an ihn heran? Es waren zwei Plätze an einem Tisch in der Nähe der Theke frei und dort setzte ich mich und schaute mich um. Es dauerte nicht lange, da steuerten zwei Herren den Tisch an, an dem ich saß. Hännes verbeugte sich kurz bei der Dame neben mir und – es war kaum zu glauben – Horst verbeugte sich vor mir. Er wollte mit mir tanzen. Ob er mich erkannt hatte? Das konnte ja nicht sein und auf Bob war Verlass.

Normalerweise konnten Horst und ich gut zusammen tanzen, aber nun tanzte ich natürlich absichtlich anders. Am Tanzen hätte er mich ja vielleicht erkannt. Nun, wir stolperten auf der Tanzfläche herum und es war für ihn kein rechtes Vergnügen. Da fragte er auch schon: »Wollen wir etwas zusammen trinken?« Ich nickte nur, denn an meiner

Stimme hätte er mich ja erkannt. An meiner Stimme erkennt mich jeder. Als er die Getränke bezahlen wollte und sein Portemonnaie aufklappte, sah ich ein kleines Bild von mir. Ich deutete mit meinen Handschuhhänden auf das Bild und zuckte mit den Schultern. Er verstand nicht. Da deutete ich noch mal auf das Bild und malte ein Fragezeichen auf die Theke. Nun hatte er verstanden. Ich wollte wissen, wer das Mädchen auf dem Bild war. »Meine Schwester«, sagte er laut und deutlich.

Ich war mir bei der ganzen Aktion nicht ganz sicher gewesen, ob er vielleicht doch ahnte, wer ich bin, aber nun war ich sicher. Er hatte mich nicht erkannt. »Meine Schwester.« Klar, wenn er gesagt hätte: »Das ist meine Verlobte«, hätte er befürchten müssen, dass ich das Interesse an ihm verliere.

Da war es passiert. Ich lachte laut, und da hatte er mich auch schon erkannt. Ich nahm die Maske ab und dann lachten wir beide.

Ohne Maske war es viel angenehmer hier, und nun tanzte Horst ganz flott mit seiner neuen »Schwester«.

Man geht nicht ohne Hut

In den ersten Jahren unserer Ehe gab es in Alsfeld zwei große Arbeitgeber. Das war einmal eine Bekleidungsfabrik, die sehr viele Beschäftigte hatte, und dann die Hutfabrik. »Man geht nicht ohne Hut«, hieß es damals, oder: »Mit Hut sind Sie mehr.« Ein Herr mit Hut in Alsfeld war meist in der Hutfabrik beschäftigt und der Rest, die Leute ohne Hut, in der Bekleidungsbranche.

Auszubildende der Hutfabrik oder junge Arbeitnehmer wurden dazu angehalten, als Vorbild in Alsfeld einen Hut zu tragen. Das gehörte zum guten Ton. Meinen Nachbarn, der auch in der Hutfabrik arbeitete, hatte ich nie ohne Hut gesehen. Bei den älteren Beschäftigten gehörte es dazu. Der Hut war sozusagen ein Markenzeichen. Die Jungen sträubten sich hin und wieder. Der Trend war schon anders.

Horst arbeitete in der Hutfabrik, war also auch ein Hutträger. Er trug seinen Hut ungern und meistens auf dem Weg zur Arbeitsstelle, weil er ja in der Nähe der Firma von seinen Vorgesetzten gesehen wurde und auch auf dem Heimweg. Zu Hause warf er den Hut schnell in eine Ecke. Auch sein Vater trug nie einen Hut. Allerdings ging Opa nie ohne Schlips aus dem Haus. Auch bei Gartenarbeiten, auf der Baustelle und sogar beim Holzhacken hatte er einen Schlips um. Das war sein Markenzeichen.

Einmal hatten wir unsere kleine Tochter im Kinderwagen und wollten ausfahren. Da wir auf der ersten Wegstrecke beobachtet werden konnten, suchte Horst seinen Hut. Im Garten des Nachbarn waren einige Leute aus seiner Firma. Sie würden ihn sehen und er wollte nicht negativ auffallen. Damals ging das Hutgeschäft schon schleppend und deshalb zählte man besonders auf die eigenen Mitarbeiter. Er fand den Hut und es konnte losgehen.

In Höhe der Kläranlage nahm er den Hut ab und gab ihn Susanne. Sie spielte damit oder setzte ihn auf. Auf dem Rückweg wollte Horst nahe unserer Straße den Hut wieder aufsetzen, aber wo war er? Susanne hatte ihn nicht mehr. Er war weg.

Zuerst nahmen wir Susanne aus dem Wagen und suchten ausgiebig, aber er blieb verschwunden. Wahrscheinlich hatte sie ihn in einem unbedachten Moment entsorgt.

Horst fuhr mit dem Auto die Strecke ab, aber der Hut war verschwunden. Susanne hatte die Zeichen der Zeit erkannt. Mit Hut war man vielleicht ein Stück größer, aber sonst auch nichts.

Mein alter Lehrer

Wir hatten damals bei unserer Einschulung im Jahre 1951 den gleichen Lehrer wie bei unserer Entlassung im Jahre 1959. Als ich sieben Jahre alt war, bekam unser Lehrer eine Torte, auf die mit Buttercreme die Zahl »41« gespritzt war. Er fragte mich damals, ob ich die Zahl lesen könnte. Sein Alter stehe auf der Torte. Die Torte stand so, dass ich »14« las. »Sie sind schon 14«, sagte ich damals und er lachte. In all den Jahren eine einzige Lehrerperson. Dieser Mensch hat uns Kinder geprägt und in uns seine Spuren hinterlassen. Oft fragte ich mich, als ich schon lange die Schule hinter mir hatte, bei verschiedenen Situationen: Was hätte er dazu gesagt? Wie hätte er sich entschieden?

In den letzten Schuljahren sahen wir uns nicht nur an den Vormittagen, sondern ich half ihm an bestimmten Nachmittagen in der Leihbücherei und im Lehrmittelraum. Als wir noch keinen Fernseher hatten, durfte ich ihn besuchen, wenn er eine Sendung für mich als interessant einstufte. Auch sonst hatte ich Privilegien. Das erste und auch das zweite Schuljahr durften meine Freundin Erika und ich hin und wieder »unterrichten«. Wir taten das mit sehr viel Ehrgeiz und ich wünschte mir, auch einmal eine richtige Lehrerin zu sein. Er wusste es und sagte: »Du kannst es schaffen, wenn du es wirklich willst.«

Die Jahre gingen dahin, und als ich meine erste Lehrerprüfung hinter mir hatte, dachte ich wieder an ihn, und plötzlich hatte ich den Wunsch, ihm zu erzählen, dass ich nun auch bald unterrichten würde.

Auch für ihn hatte die Zeit nicht stillgestanden. Er war inzwischen in Pension, hatte ein Haus in Gießen gebaut und ja, er freute sich über meinen Besuch. Wir freuten uns beide. Er wusste noch viele Dinge und wir ließen die Schulkameradinnen und Schulkameraden im Geiste aufmarschieren.

Plötzlich sagte er: »Aus allen Kindern der Heimatvertriebenen ist etwas geworden. Das war ein strebsames Volk, das Volk der Heimatvertriebenen.« Damals nickte ich und gab ihm recht, aber inzwischen glaube ich, dass ein Volk nicht von Grund auf strebsamer ist als ein anderes. Dass damals die Kinder der Heimatvertriebenen gut lernten und eifrig bei der Sache waren, hatte wohl den Grund, dass sie unter ganz armen Verhältnissen aufwuchsen. Sie wollten es zu etwas bringen, weil sie nichts hatten. Sicher wurden sie auch von ihren Eltern darin unterstützt.

Bei mir war es so, dass ich immer ein eigenes Haus haben wollte. Wir wohnten, als ich ein Kind war, immer zur Miete und ein Mieter hat nicht die Rechte, die ein Hausherr hat. Wenn ich einmal Kinder habe, dann sollen sie in einem eigenen Haus mit einem Garten aufwachsen. Jedes Kind soll sein eigenes Zimmer haben.

Das war mein Wunsch und diesen habe ich mir zusammen mit meinem Ehemann erfüllt. Ein bisschen Glück gehörte allerdings auch dazu.

Mit dem Kind nach Hause

Alles war plötzlich anders und ungewohnt. Ich hatte ein kleines Mädchen und es gehörte nur mir allein. Endlich hatte ich etwas, das nur mir gehörte. Ich war der glücklichste Mensch der Welt. Heute darf ich das Krankenhaus verlassen. Horst sollte uns nach dem Frühstück abholen. Viel zu aufgeregt war ich, um gemütlich zu frühstücken, obwohl es Brötchen gab. Die Brötchen damals an einem normalen Morgen waren noch eine Seltenheit. Es gab nur zum Wochenende Brötchen.

Horst kam und brachte mir die bestellte Kleidung mit. Mein grünes Kostüm wollte ich an diesem großen Tag tragen. Auf keinen Fall den blauen Trägerrock, mit dem ich ins Krankenhaus gekommen war. Dieses Teil hatte ich monatelang getragen und konnte es nicht mehr sehen. Der enge Rock passte wieder. Anscheinend hatte ich wieder meine alte Kleidergröße – wunderbar. Das Bündel mit den Babysachen brachte Horst auch vorschriftsmäßig mit. Da er sonst zu Hause nichts findet, war das für den jungen Vater eine große Leistung. Ein Kopfkissen für den Transport des Kindes brachte er ebenfalls mit. Eine Tragetasche hatten wir damals noch nicht.

Horst gab die Babysachen in der Kinderabteilung ab und ich zog mich an. Dann brachte die Kinderschwester meine Kleine. Ja, sie hatte das selbst gehäkelte grüne Jäckchen an mit dem passenden Mützchen. Es stand ihr vorzüglich. Dieses schönste Kind weit und breit gehörte mir.

Horst hatte sich das Auto seines Vaters ausgeliehen. Er fuhr vorsichtig los mit mir auf dem Beifahrersitz. Im Arm hielt ich das Kissen mit dem kleinen Mädchen in der Mitte. Bei der Apotheke hielten wir an und ich ging hinein und kaufte die Babynahrung, an die das

Kind gewöhnt war, Fläschchen und Sauger. Vor der Geburt sollten diese Dinge nicht gekauft werden, denn das bringt Unglück. Wenn es nach meiner Großmutter gegangen wäre, dann hätte Horst auch den Stubenwagen nicht bauen dürfen. Sie war entsetzt, als sie bei einem Besuch feststellte, dass der Wagen fix und fertig war mit Kissen und Vorhängen. Sie legte damals ein Stück Holz hinein, weil sie glaubte, dass mit dem Kind bei so viel Vorsorge etwas passieren würde.

Zu Hause war die Freude groß. Meine Schwiegermutter hatte nur Jungs zur Welt gebracht und nun kam ein Mädchen ins Haus. Sie freute sich sehr. Mein Schwiegervater freute sich auch. Er schmunzelte, wenn er glücklich war. Er freute sich leise. Ich nahm das Stück Holz aus dem wunderschönen Stubenwagen und legte Susanne hinein.

Mutterpflichten

Ich war überwältigt von meinen neuen Aufgaben und aufgeregt. So-eben waren wir mit dem Kind aus dem Krankenhaus nach Hause ge-kommen und nun fing es an zu weinen. Oje, was hat sie? Vielleicht hat sie die Windeln voll. Eine Decke wurde ausgebreitet und Susanne wurde ausgepackt und bestaunt. Alles an ihr war wunderbar. Ja, sie war nass. Kein Wunder, dass sie weinte. Nun wurde sie trockengelegt. Damals gab es noch keine Pampers und auch noch keine Windeleinlagen. Man hatte Mullwindeln und Einschlagtücher. So richtig strampeln und bewegen konnten sich die kleinen Babys nur beim Wechseln der Windeln.

Jetzt war sie wieder fein, aber sie weinte immer noch. Konnte sie denn schon wieder Hunger haben? Im Krankenhaus war sie heute Morgen gefüttert worden und nun – ja, vielleicht weint sie, weil sie hungrig ist. Oh, schnell – die Flasche muss ja ausgekocht werden und der Sauger auch. Messbecher, Nahrung, Flasche, Temperatur, Sauger – meine Schwiegermutter, der Schwiegervater, Horst und ich, alle sprangen wir in der kleinen Küche herum und Susanne weinte. Nun war die Nahrung in der Flasche und wurde geschüttelt. Die neue Oma hielt die Flasche an ihre Backe. »Die Milch darf nicht zu heiß sein. Kurz unter den Wasserhahn. Ja, jetzt ist sie richtig.« Susanne weinte laut.

Ich zitterte vor Aufregung. Jetzt war sie ruhig und zog am Sauger. Dann weinte sie wieder. »Sie bekommt nichts heraus. Der Sauger hat keine richtige Öffnung.« Horst kratzte sich am Kopf und ging auf und ab. »Eine Nadel brauchen wir und eine Kerze«, rief die Schwiegermut-ter. »Mit der heißen Nadel vergrößern wir das Loch im Sauger.« – »Ja, das könnte gehen.« Wieder rannten alle durcheinander und das Baby schrie. Nach einer Ewigkeit war der Schnuller bereit. Endlich, nun wird sie trinken, aber leider kam wieder kein Tropfen heraus.

Sie schrie jetzt laut und ich legte sie ins neue Körbchen und suchte eine dickere Nadel. Verzweiflung kam über mich. Was war ich denn für eine Mutter? Warum gelang mir diese erste kleine Aufgabe nicht?

Plötzlich war es ganz still. Was war los? Alle rannten zum Körbchen. Susanne lag auf dem Kissen und trank genüsslich und zufrieden. Schwiegervater stand daneben und hielt die Flasche. Was war plötzlich geschehen? Opa Willi hatte eine kleine Schere genommen und ein Loch in den Sauger geschnitten.

Ich strahlte ihn an und bewunderte ihn voller Dankbarkeit. Und das sollte nicht das letzte Mal so sein.

Moni, die Hausfrau

So, jetzt war ich Hausfrau und Mutter. Es war mir nicht langweilig, denn die Hausarbeit war ja Neuland für mich. Eigentlich hatte ich mich nie für Kochen und Backen interessiert, aber es klappte leidlich. Backen konnte ich eigentlich ganz gut.

Böhmische Knödel, wie Horst sie gerne aß, brachte mir die Schwiegermutter bei. Für die Haushaltsführung sollten 50 DM in der Woche reichen. Immer klappte es nicht, aber am Sonntag, wenn wir in Groß-Felda beim Essen waren, steckten mir Oma oder Tante hin und wieder 10 DM zu. Das war eine große Hilfe. Meistens ging ich zum Wochenende einkaufen und konnte die Einkäufe für eine Woche in einer Tasche nach Hause tragen. – Die Kartoffeln lagerten im Keller, die Milch holte ich in der Kanne täglich in der Molkerei. Fertige Suppen, Soßen, Joghurt oder Pudding gab es noch nicht. Ein halbes Pfund Hackfleisch reichte uns, denn es kam ja noch ein Ei und ein Brötchen dazu.

Unser Lieblingsessen, das es zu besonderen Anlässen gab, war »Jägerschnitzel«. Wenn wir ausgingen, aßen wir vorher zu Hause. Es war nicht üblich, außer Haus zu essen. Das fing dann erst später an, als wir hin und wieder Hähnchen aßen, und zwar im »Scharfen Eck«. Die Schwiegereltern gingen ab und zu mit Bekannten »Rippchen« essen, aber das hielt sich auch in Grenzen. Wir wären uns »verschwenderisch« vorgekommen, wenn wir unsere Mahlzeiten nicht täglich selbst zubereitet hätten.

Obwohl ich den ganzen Tag zu tun hatte mit Haushalt und Kind, den Ausfahrten am Nachmittag, den Einkäufen, meinen Häkelarbeiten, Bekanntenbesuchen usw. – so ganz glücklich war ich nicht. Es war mir selbst nicht recht. Ich hatte doch alles. Was wollte ich eigentlich noch? »Du kannst doch zufrieden sein«, redete ich mir immer wieder ein. »Alles ist so, wie du es dir erträumt hast.« Warum war ich unzufrieden?

Dann, irgendwann, konnte ich es formulieren. Ja, so war es: Ich kam mir irgendwie »nutzlos« vor. Aber wieso? Pünktlich, wann immer mein Mann von seiner Schichtarbeit nach Hause kam, stand das Essen auf dem Tisch. Ich räumte die Schränke auf und bügelte alles, was mir in die Hände fiel. Da das Kuchenbacken inzwischen mein Hobby war, brauchte meine Schwiegermutter nicht mehr zu backen. Was immer mein Mann sich an Leibspeise wünschte, sie stand vor ihm. Ich wurde mehr und mehr Dienerin. Ich war für alles zuständig.

Mit der Zeit konnte mein lieber Mann keine Socken finden und rief nach mir. Nun, das ist bis heute so geblieben und stammt aus dieser Zeit. Ich war in einem reinen Frauenhaushalt aufgewachsen und wusste beiläufig, dass Männer bedient werden. Ich bekam auch mit, dass andere Frauen ihren Männern das Hemd, das anzuziehen war, aufs Bett legten. Männer können diese Dinge anscheinend nicht. In einem Film im Fernsehen hatte ich gesehen, dass eine vorbildliche Frau ihrem Mann die Pantoffeln bringt und die Zigarre anzündet. So war das auch bei uns. Horst rauchte zwar nicht, aber ich versuchte immer, eine vollkommene Frau zu sein und mein Bestes zu geben. Allerdings tat ich die Dienerinnentätigkeiten mit Widerwillen, aber immerhin, ich tat alles und redete mir ein, dass es in Ordnung sei.

Natürlich putzte ich auch die Schuhe für ihn, denn das ist Frauenarbeit. Ein Mann – ein Ernährer – hatte sich nach der Arbeit zu erholen. Er wurde bedient und dann war er zufrieden. Ich erinnere mich noch gut, wie mühselig das Teppichklopfen war. Einen Staubsauger hatten wir damals noch nicht und das Kind konnte unmöglich den Teppichstaub einatmen. So wurde der schwere Teppich die Treppe nach unten gezerrt und über die Teppichstange gewuchtet.

Mein lieber Mann passte vorzüglich in das vorhandene Klischee. Nie im Leben hätte er den Kinderwagen geschoben, denn das war absolut Frauensache. Er wäre auch nie nachts aufgestanden, wenn das Kind weinte, oder hätte sie bei meiner Abwesenheit einmal trockengelegt. Das konnte er nicht, denn das war auch absolut Frauenarbeit. Nun hatte er ja insofern auch Glück, denn im Bedarfsfalle war seine Mutter da und so kamen etwaige Pflichten nicht an ihn heran.

Als wir später im eigenen Haus wohnten und keine Mutter in der Nähe war, wurde er nicht hilfsbereiter. Die Rollen waren verteilt und da war nichts dran zu rütteln. Manchmal beschwerte ich mich. »Das hast du dir selbst eingebrockt und das musst du auch selbst auslöffeln. Beschwer dich nicht!«, sagte meine Freundin Ingrid und sie hatte natürlich recht.

Oktoberfest in München

Es war in der Mittagspause im Landratsamt, als Heinrich mich fragte, ob ich nicht mit nach München zum Oktoberfest fahren könnte. Heinrich war ein Arbeitskollege, und wie das Leben so spielt, er war wie ich Mitglied einer Trachtengruppe. »Bei uns fehlt ein Mädchen«, sagte er, »und da könntest du doch einspringen. Du kannst doch sicher die Volkstänze.« Ja, das stimmte, ich kannte den »Schlupper« und alles, was man auf diesem Gebiet können sollte.

Nach München fast für umsonst, das war toll. Sofort sagte ich zu. Ich war begeistert. Am Vorabend der Fahrt nach München reiste ich in Ruhlkirchen an. Heinrichs Schwester brachte mir einen Riesenberg Kleidungsstücke. »Das probieren wir jetzt an«, sagte sie und schon stand ich im Unterrock da. Nun kam der große in viele Falten gelegte Rock und eine Art Strickjacke mit einem Halstuch, das über der Brust gekreuzt wurde. Ganz anders sah ich aus – ja, wie eine Katzenbergerin. Eine Tasche gehörte noch dazu und eine Kopfbedeckung. Nun war ich ausgestattet.

Tags darauf im Bus lernte ich die Gruppe kennen. Heinrich und seine Freunde hatten sich am Abend zuvor schon auf den Aufenthalt in München getränkemäßig vorbereitet und schliefen ein.

Das war nun München? Alles war überfüllt. Wo würden wir übernachten? Schließlich fanden wir auf einer Kegelbahn ein Quartier, allerdings keine Betten, sondern blanke Liegen, die man aufklappen konnte. Keine Kissen, keine Decken und – oh, sehr rustikal – für uns alle ein einziges Waschbecken und eine Toilette. Zum Glück hatten wir die schweren warmen Röcke zum Zudecken. Ja, München war ausverkauft.

Oktoberfest-Umzug durch die Stadt! Ein Erlebnis! Danach ins Bierzelt!

Riesengroße Maß! Zunächst wollte ich mir mit Heinrich eine Maß teilen, aber Heinrich meinte, dass wir ja Zeit haben und so einen Liter schaffen. Prost Heinrich! Unsere Betreuerin kam an den Tisch und verkündete: »Morgen früh um sieben Uhr Frühmesse.« Oh, dachte ich, nach so viel Bier. Ob da die Herren brav zur Frühmesse antreten?

Dann kam unser Auftritt auf dem Oktoberfest im Bierzelt. Wir hörten die Ansage: »Und nun sehen Sie die Katzenberger Trachtengruppe« – freudiges Klatschen.

Wir rappelten uns auf. Wo war denn mein Tanzpartner? Eigentlich hätten wir ja mal vor dem Auftritt üben müssen. Mein Tanzpartner, oje, er hatte seine große Maß geleert und sein Kopf war auf den Holztisch gesunken.

War er etwa blau? Ich rüttelte an ihm herum und folgsam kam er mit mir auf die Bühne. Oje, seine Einsätze kamen ziemlich verspätet, aber das fiel hier niemandem auf. Wir tanzten auf einem etwas erhöhten Podest. Dann torkelte er Richtung Rampe. Du liebe Zeit, er wird mir doch nicht in den Zuschauerraum fallen! Ich krallte ihn so gut es ging und er hüpfte, soweit das sein Zustand zuließ.

Es ging alles gut. Wir marschierten nach der Musik wieder hinunter zu unseren Plätzen. Dann kam wieder eine Maß auf den Tisch. Prost auf die Katzenberger! Ja, wo waren wir denn hier – auf der Oktoberwiese, und da ist es wichtig, eine ordentliche Maß zu stemmen.

Und wenn jetzt jemand glaubt, bei der Frühmesse hätte auch nur einer der jungen Burschen gefehlt, der irrt sich. Alle waren sie da, die »Maßstemmer«.

Alle Achtung!

Ottos Bar

Einer unserer Freunde war Otto oder auch Ötte. Es war ein ganz besonderer Mensch, denn er hatte zwei Gesichter – ein berufliches Gesicht und ein Privatgesicht. Das berufliche Gesicht war mitleidsvoll und anteilnehmend, alles verstehend und voller Würde, Hingabe und Pietät. Das Privatgesicht war verschmitzt, ungläubig, draufgängerisch und fröhlich. Diese Zweiteilung hatte mit seinem Beruf zu tun.

Wir sahen ihn nur mit dem »Was-kostet-die-Welt-Gesicht« und alle fühlten sich in seiner Nähe wohl. Sein Hobby war die Musik und auf alles gab es ein Lied und das Leben war schön. Als ich ihn kennenlernte, führte er mich in einen Raum, in dem ein Klavier stand, und spielte mir etwas vor. Das hatte bisher noch niemand für mich gemacht. Dieses Ereignis war für mich einmalig und wunderbar.

Damals war es so, dass man in einer »Bar« feierte. Schon das Wort klang ja vielversprechend. Es klang nach Geheimnis und aufregenden Stunden. Ja, Otto war der Erste, der eine Bar hatte. Am Anfang war sie noch recht klein – gerade mal eine Theke mit diversen Getränken, aber später wurde sie erweitert. Dann konnte man tanzen und es waren jede Menge Sitzplätze vorhanden.

Die erste Bar allerdings war etwas Besonderes. Ich war damals noch nie in einer Bar gewesen und war durch die Stufen, das Gewölbe, das Rotlicht und die Atmosphäre verzaubert. »Wenn wir ein eigenes Haus haben«, sagte ich zu meinem Verlobten Horst, »dann werden wir uns auch eine Kellerbar einbauen.«

»Ja, natürlich, ein Haus ohne eine Bar ist ja ganz unmöglich.« Die Planung fing quasi bei der Kellerbar an. So altmodisch wollte damals niemand sein, dass er keine Kellerbar gehabt hätte. Otto machte den Anfang und löste eine Kettenreaktion aus. Auch meine Schwiegereltern räumten zwei kleine Kellerräume aus und richteten sich eine Bar ein. Wer feierte damals in einem normalen Wohnraum? Das müssen Spießer sein, die wirklich keine Ahnung davon haben, dass sich die Welt dreht.

Schreck in der Nacht

Horst ging früher, als die Kinder noch klein waren, fast jeden Abend aus. Er ist eine Spielernatur und spielte die verschiedensten Kartenspiele in unterschiedlichen Vereinen. Sie spielten um Geld und das war der Nervenkitzel. Manchmal fuhr er sogar mit einem Freund, der wesentlich älter war als er und eine Bäckerei hatte, ins Spielcasino.

Einmal oder zweimal in der Woche und an den Wochenenden ging er zum Kegeln. Horst war ein sehr guter Kegler. Einmal gewann er beim »Preiskegeln« ein Schwein und einen kleinen Fernsehapparat, und zwar am selben Abend. Dazu fuhr er zwischen den beiden Austragungsorten hin und her. Auch zum Preisskat fuhr er und gewann auch hin und wieder etwas. Es waren Horsts »wilde Jahre.«

Mit den Männern aus unserem Freundeskreis spielte er einmal in der Woche Skat. Manchmal waren auch wir Frauen dabei oder wir besuchten gemeinsam eine Veranstaltung. Bei diesem Verein wurde in eine Gemeinschaftskasse eingezahlt. Davon wollten wir im Sommer zum Zelten fahren, und zwar in den Schwarzwald an den Titisee. Das war die kleine Lösung.

Gegründet wurde dieser Verein mit dem Ziel, einen Urlaub in Spanien zu verbringen. Dieser Skatclub hieß »Español« und das stand auch auf dem Sparbuch, in das eine von uns Frauen das erspielte Geld am Tag nach dem Spielabend einbezahlte. Warum wir damals von Spanien auf den Titisee umschwenkten, habe ich vergessen.

Es war an einem Freitag. Ich war mit den Kindern allein zu Hause und hörte etwas auf der Terrasse. Es war schon nach Mitternacht und ich hatte Angst nachzusehen. Ich hörte Schritte und ich war ganz still.

Es war unheimlich. Der Rollladen zur Terrasse war nicht ganz unten und plötzlich sah ich ein paar Schuhe direkt am Fenster. Mein Herz schlug bis zum Hals. Dann zog ich geistesgegenwärtig die Sicherheitskette. Dieser Riegel verhindert, dass jemand von außen den Rollladen hochschieben kann.

Ich wunderte mich über mich selbst, dass ich in der Lage war, diesen Riegel zu ziehen, denn ich war so aufgeregt wie noch nie. Dann sah ich die Schuhe nicht mehr. Schnell zum Telefon.

Mit gedämpfter Stimme bat ich meinen Mann, den Kartenspieler, sofort nach Hause zu kommen. »Es ist jemand auf der Terrasse!« – »Ich komme gleich«, sagte er. »Wir sind sowieso fertig.«

Ohne mich vom Fleck zu rühren, wartete ich, bis er die Haustüre aufschloss. »Es ist ein Mann auf der Terrasse«, sagte ich. »Ich habe seine Schuhe gesehen.« Horst war mutig. Er löste die Sicherung und zog den Rollladen hoch. Dann ging er hinaus auf die Terrasse und rief: »Ist jemand da?« Als sich niemand meldete, kam er wieder herein und schloss Tür und Rollladen.

Ich sicherte sofort wieder. Horst sagte: »Ich muss noch abrechnen, aber das dauert nicht lange. Nur ganz kurz bin ich weg. Es ist ja niemand da. Wer weiß, was du gesehen hast. Gleich komm ich wieder. Leg dich ins Bett.«

»Bitte bleib zu Hause«, sagte ich. »Du kannst doch irgendwann später abrechnen.« Ich solle nicht so nervös sein, meinte er und dann fuhr er los. Als das Autogeräusch verstummt war, hörte ich nach einer Weile wieder Schritte auf der Terrasse. Schnell löschte ich das Licht und blieb wie angewurzelt stehen. Da – wieder die Schuhe direkt an der Tür.

Und jetzt sah ich auch Hände. Sie versuchten, den Rollladen nach oben zu schieben. Gott sei Dank war die Sicherung drin. Es war wie in einem Kriminalfilm. Nach einer Weile knackte der Rollladen. Eine Latte splitterte. Ich hielt die Luft an. In diesem Moment hörte ich wieder den Motor unseres Autos und atmete auf. Das Geräusch des Motors unseres Autos war wie Musik für mich. Gleichzeitig verschwanden Hände und Schuhe.

Horst kam herein und sah mich kreidebleich. »Fast wäre ich vor Angst gestorben«, sagte ich. »Ich habe seine Hände gesehen.« Horst ging nun auch nicht mehr auf die Terrasse hinaus, um nachzusehen. Er schaute, ob die Kellertür abgeschlossen war und ob die übrigen Rollläden unten waren.

Irgendwann später kam der Schlaf und ich dachte beim Einschlafen, wie froh ich sein konnte, dass ich nicht alleine war.

Wenn du tot bist …

Es war beim Frühstück in Groß-Felda. Susanne war vier Jahre alt und wollte sich ihr Brot alleine schmieren. Meine Oma wollte das für sie tun und nahm ihr immer wieder das Messer aus der Hand. Sie sagte: »Messer, Gabel, Schere, Licht – ist für kleine Kinder nicht.« Susanne war der Meinung, dass sie nicht mehr klein sei, denn sie hatte einen jüngeren Bruder von drei Jahren und dieser war klein. Sie war das große Mädchen und wollte unbedingt das Messer haben.

»Das ist alles nicht mehr so wie früher«, sagte ich. »Kinder sollen unter Aufsicht schon mal ein Messer benutzen dürfen, damit sie lernen, damit umzugehen.«

Gut, Susanne durfte sich Butter auf das Brot schmieren. Sie tat es ausgiebig. Oma sparte immer mit der Butter und erklärte, dass es zu viel Butter sei, die sie auf dem Brot habe. »Die Butter reicht für zwei Brote.« Sie ließ es grollend zu, dass Oma die Butter von ihrem Brot abnahm und für sich ein Brot schmierte. Susannes Augen blitzten wütend und dann sagte sie: »Wenn du tot bist, dann werde ich mir viel Butter auf das Brot schmieren.«

Wenn ich heute mit meiner Tochter frühstücke, dann erinnern wir uns an ihren Ausspruch und denken, dass es im Leben oft anders kommt, als man denkt, denn Susanne schmiert die Butter inzwischen viel dünner als Oma.

Wir möchten auch einen Hund!

»Wir möchten auch einen Hund!« So ging das jetzt jeden Tag. Die Kinder schauten Lassies Abenteuer und eine andere Serie im Fernsehen, bei der ein besonders schöner und treuer Hund der Star war. Er hieß Barry und war ein Berner Sennhund. Ja, Hunde sind die besten Freunde. »Du hast es uns versprochen, dass wir einen Hund bekommen.« Ja, das hatten wir irgendwann versprochen, als uns die Kinder keine Ruhe ließen. Besonders Peter war hartnäckig. Michael war erst drei und für einen Hundehalter noch zu klein. Peter war die treibende Kraft. Er würde den Hund ausführen, füttern usw. usw.

Wir versuchten damals, die Wünsche der Kinder zu erfüllen, aber wir hatten gebaut und die monatlichen Zahlungen waren zu leisten. Mein Mann war auch auf der Seite der Kinder. Als Kind hatte ich eine Katze und deshalb brachte ich immer wieder die Katze ins Gespräch, die vielleicht pflegeleichter sei als ein Hund.

Damals hatte ich berufliche Pläne, die ich dann auch verwirklichte. Ich wollte in Frankfurt die Hessische Akademie für Bürowirtschaft besuchen und Berufsschullehrerin werden. Ich wusste, dass ich wenig Zeit haben würde für den Hund, dass ich oft nicht zu Hause sein würde, und ich schob die ganze Sache immer nach hinten. »Später – später bekommen wir einen Hund.«

Zu dieser Zeit musste ich mich einer Operation unterziehen. Ich lag einige Wochen im Krankenhaus und an den Hund dachte ich nicht mehr. Vielmehr hatte ich große Sehnsucht nach meinen Lieben zu Hause. Jeden Tag fragte ich, ob ich nicht nach Hause entlassen werden könne. Einmal besuchte mich Inge, eine Freundin aus der Landratsamtszeit. Sie war noch da, als ich wieder fragte und der

Arzt sagte: »Haben Sie zu Hause jemanden, der Sie pflegt?« – »Ja, das ist kein Problem«, sagte ich. Ich log ihm das Blaue vom Himmel herunter, wie es zu Hause sein würde, und ich könne mich auch zu Hause ausruhen. Meine Freundin nickte kräftig. »Gut, Sie können gehen«, sagte der Arzt plötzlich. Inge fuhr mich nach Hause und ich war der glücklichste Mensch. Zu Hause hätte man sicher für mich alles vorbereitet, denn sie freuten sich sicher so auf mich wie ich mich auf sie.

Als ich die Haustüre öffnete, kam mir ein ungewohnter Geruch entgegen. Wie riecht es denn hier?, dachte ich. Oh Gott, wie sieht es hier aus! Der ganze Fußboden war feucht und schlammig. Auch die Tür zur Terrasse war bis zu einer bestimmten Höhe hellgelb schmierig. Was war hier passiert? Die Küche war voller schmutzigem Geschirr. Der Esstisch war völlig mit Unrat bedeckt. In die einzelnen Zimmer ging ich nicht, denn der Fußboden war mit Spielsachen und Bekleidungsteilen bedeckt – nur noch ins Wohnzimmer, denn ich sah mit Entsetzen, dass sich in meiner besten Porzellanschüssel mitten auf dem Tisch eine merkwürdige klebrige Masse befand.

Es war ein Wunschtraum von mir gewesen, dass ich am Tag meiner Heimkehr ein aufgeräumtes Zuhause antreffe und Blumen auf dem Tisch stehen. Und nun – dieser ekelhafte, stinkende Brei. Ich war zutiefst enttäuscht und wütend. Ich war ja überraschend nach Hause gekommen und niemand konnte es ahnen, aber daran dachte ich nicht. Ich hatte wahnsinnige Wut im Bauch. Dann tat ich etwas, was ich später nie wieder tat. Es war das erste und einzige Mal in meinem Leben, dass ich so »ausrastete«. Ich nahm die weiße Schüssel mit dem Etwas und warf sie mit aller Gewalt auf den Fußboden. Die Schüssel zersplitterte in tausend Scherben und in der Fliese war ein Loch. Dieses Loch erinnerte mich noch jahrelang an diese Tat.

Als ich mich so irgendwie »befreit« hatte, hörte ich einen Ton. Er kam aus dem Schlafzimmerbereich. Ich erschrak nicht, sondern war auf ein weiteres ergreifendes Ereignis gefasst. Und da kam dieses Ereignis auf mich zu – auf vier Pfoten. Ein kleiner Hund tapste auf mich zu. Oje, der ist ja blind! Das war mein erster Gedanke. Seine Augen waren eitrig und verklebt. Er blieb stehen und lauschte. Sehen konnte er mich nicht. Oh Gott, ein kleiner Hund!

Meine Familie hatte in meiner Abwesenheit einen Hund angeschafft. Ich war ja außer Gefecht und konnte mich nicht wehren. Ich nahm ihn auf den Arm und dachte nur noch daran, wie ich ihm helfen könnte. Wir gingen sofort zum Tierarzt. Da er noch zu klein für den weiten Weg war, trug ich ihn. In Höhe des Sportplatzes war mir übel. Wir ließen uns für eine Weile am Hang nieder. Eine Leine oder ein Halsband hatte er noch nicht. Dafür war er noch zu klein. Ich hatte Angst, dass er mir wegläuft, aber er war lieb und kuschelte sich an mich. Dann wieder ein Stück weiter bis zum Tierarzt.

»Du bist aber ein hübscher kleiner Hund«, sagte der Tierarzt. Nun säuberte der Arzt die verklebten Augen und wir konnten uns das erste Mal in die Augen schauen. Barry, dachte ich, du hast wunderschöne braune Augen! Es war Liebe auf den ersten Hundeblick. Versorgt mit der Medizin, machten wir uns wieder auf den Heimweg.

Weil ich wusste, dass der kleine Hund mit der Zeit wieder gesund würde, war die Verwüstung zu Hause eigentlich nicht mehr so schlimm. Später, als die Kinder nach Hause kamen, erklärten sie mir, dass der kleine Hund ein Hundemädchen sei – eine kleine »Duscha«. Wir blieben aber bei Barry.

Am Abend bekam ich dann Vorwürfe von allen Seiten. Ich sei zu früh aus dem Krankenhaus gekommen. Man habe mich mit einer toll aufgeräumten Wohnung überraschen wollen und Blumen hätten sie nun auch nicht. Die Enttäuschung stand ihnen ins Gesicht geschrieben. Ich konnte sie beruhigen und sagte, dass die Überraschung durchaus gelungen gewesen sei.

Wir hatten unsere Barry 15 Jahre.

Wolfgangs Bar

In den ersten Jahren unserer Ehe hatten wir mit Alkohol nichts am Hut. Er schmeckte uns nicht. Horst trank schon mal ein Bier im Freundeskreis, aber zu Hause tranken wir keinen Alkohol. Wir tranken Nescafé Gold, Kakao, Lindes-Kaffee, Tee, Limonade oder Wasser. Wenn wir zum Tanzen gingen, tranken wir meistens Cola.

Ganz wichtig war allerdings, dass man einem Gast etwas anbieten konnte. So hatten wir immer eine oder zwei Flaschen Wein im Keller. Damals kamen wir uns »gut ausgestattet« vor, wenn wir zwei oder drei Flaschen Wein vorrätig hatten. Die Weine waren sehr schwer und süß. Damals fanden das alle gut. Beerenauslese oder Trockenbeerenauslese oder gar Eiswein, darauf stand man.

Wenn es um ein neues geschmackliches Alkoholerlebnis ging, war immer Wolfgang im Spiel. Er war der weltgewandteste unserer Freunde. Er war schon in Amerika gewesen und hatte schon mehr erlebt als wir alle zusammen. Er wusste auch immer, was am besten schmeckt. Einmal bestellte er Wermutwein. Ah, das war ja mal ein toller Geschmack. Das wird jetzt mein Lieblingsgetränk, dachte ich damals, aber dann setzte sich dieser Wein doch nicht bei uns durch.

Den ersten Whisky unseres Lebens tranken wir ebenfalls bei Wolfgang. Reiner Whisky war uns zu scharf, aber mit Feige z. B. oder mit Cola – da konnte man schon mal zugreifen. Das schmeckte uns auch.

Einmal waren wir bei Wolfgang in der »Bar«. Es war eine Silvesterparty. Wir kamen aus irgendeinem Grund erst später und die Party war schon im Gange. Wolfgangs Vater überreichte mir sofort ein Glas mit einer roten Flüssigkeit. Prost! Oh, das schmeckt aber, dachte ich.

So etwas Gutes habe ich noch nie getrunken. Es war roter Sekt. Sekt war damals nicht unser Getränk. Man trank es eigentlich nur zum Jahreswechsel oder vielleicht zu Weihnachten, denn Sekt war teuer. Roten Sekt kannte ich nicht. Er schmeckte wunderbar süß und da hatte ich mein Glas auch schon leer und wieder neu gefüllt. Wolfgangs Vater war sehr aufmerksam.

Hm, das schmeckt! »Willst du nichts essen?«, fragte jemand. »Ach, ich habe keinen Hunger. Ich trinke lieber noch ein Glas Sekt. Es ist ja schließlich Silvesterparty.« Wir waren lustig und tanzten in der Waschküche.

Dort waren lange weiße Nachthemden zum Trocknen aufgehängt. Die nahmen wir ab, denn wir brauchten schließlich Platz. Nach jedem Tanz einen großen Schluck aus dem Sektkelch. Er schmeckte wie Traubensaft. Unser Freund Otto zog eins der Nachthemden an und wir tanzten und lachten.

Plötzlich drehte sich alles um mich herum. Ich sah nur noch weiße Nachthemden, die sich schnell drehten, und dann saß ich auch schon auf dem Boden. »Horst, schnell, der Moni ist schlecht!« Horst war sofort da und wir taumelten zur Toilette. Oh, war mir übel. »Moni bricht Blut«, rief Horst, »schnell einen Arzt!« Den holte man Gott sei Dank nicht, denn es war der rote Sekt, der wieder zum Vorschein kam, und kein Blut.

Die Silvesterfeier war für mich zu Ende. Blau wie ein Veilchen wurde Moni nach Hause gebracht. Zum Glück wohnten wir in der Nachbarschaft.

Zu Silvester trinken wir traditionsgemäß süßen roten Sekt und denken an die Zeiten in Wolfgangs Bar.

Zum ersten Mal vor der Klasse

Es war im Jahre 1976. Ich wollte Berufsschullehrerin werden, aber ich war noch ganz am Anfang. Ich besuchte die Akademie für Bürowirtschaft in Frankfurt. In dieser Zeit kam ein Anruf der Gesamtschule in Nieder-Ohmen: »Wir haben einen Lehrauftrag für Sie in den Fächern Maschinenschreiben und Stenografie.«

Zunächst freute ich mich, denn ich konnte so Erfahrungen sammeln. Ich fuhr nach Nieder-Ohmen und schaute mir die Räume an, die vorhandenen Bücher und die Klassenlisten der Schüler, die ich unterrichten sollte. Alles war eigentlich ganz klar und einfach. Ja, ich würde das machen. Es war der erste Schritt in meinem neuen Beruf. Die Sekretärin war sehr nett und zerstreute alle meine Bedenken. »Das schaffen Sie schon«, sagte sie immer wieder. »Lassen Sie doch mal alles auf sich zukommen.«

Nach den Sommerferien sollte es losgehen. Ich war zunehmend nervös, wenn mich jemand auf meine Lehrertätigkeit ansprach. Meine Schultasche war bereit. In der ersten Stunde war Stenografie dran. Ich legte mir alles zurecht und sprach meine Einführungsansprache auf Tonband. Ach, ich hörte mich schrecklich an. Jetzt war es aber zu spät abzusagen, denn ich war ja im Stundenplan eingeplant. Die großen Kinder gingen in die Schule und Michael in den Kindergarten. Außerdem wollte ich unterrichten, und nun bekam ich die Chance zum Einstieg. Die ganze Ausbildung würde mir leichter fallen, wenn ich etwas Erfahrung hätte. Aber ich war ja so aufgeregt.

Dann ging es los an diesem Morgen. Michael trabte zum Kindergarten und ich stieg ins Auto zur Fahrt nach Nieder-Ohmen. Alles ging glatt. Ich war viel zu früh da, aber das ist ja immer noch besser, als zu spät zu kommen. Die Uhr im Lehrerzimmer ging erbarmungslos schnell. Auf, dachte ich, jetzt muss ich los. Was werden das für Kinder sein – vielleicht kleine Ungeheuer.

Ich dachte an unsere Lehrerin in Buchführung in der Handelsschule, die wir immer so geärgert hatten. Vielleicht würde es mir heute ähnlich ergehen. Was sollte ich nur machen, wenn mir niemand zuhörte? Ich bekam das große Flattern.

Nun war ich alleine im Lehrerzimmer.

Alle waren in die Klassenräume abgezogen, als sei es das normalste der Welt, vor einem Haufen von Schülern zu stehen, die vielleicht überhaupt nichts von einem wissen wollten. Ich war so aufgeregt. Was sollte ich denn machen, wenn ich kein Wort herausbekäme? Ich würde mich ja blamieren. Nein, ich kann nicht.

Ganz langsam verließ ich das Lehrerzimmer und ging ins Sekretariat der Schule. Hier war das vertraute Gesicht der netten Sekretärin. Da kam sie auch schon auf mich zu. »Ich trau mich nicht so richtig«, sagte ich. »Es ist das erste Mal, dass ich unterrichten soll. Ich kann das nicht.« Gleich würde ich heulen, ich dumme Gans. »Ich gehe mit«, sagte sie. »Sie werden nicht gleich gefressen.«

Zunächst dachte ich, dass sie mich bis zur Tür begleitet und aufpasst, dass ich auch hineingehe. Doch sie ging mit in den Klassenraum hinein und stellte mich vor. Und dann ging alles wie von selbst.

Es ging gut. Ich hielt meine erste Unterrichtsstunde so, wie ich sie mir vorbereitet hatte. Ich schaffte zwar nicht alles, was ich mir vorgenommen hatte, aber die Stimmung war gut. Die Aufregung war wie weggeblasen. Die Schüler verließen den Raum und ich machte meine

Eintragungen ins Klassenbuch. Wovor hatte ich eigentlich Angst gehabt? Solche netten jungen Leute, die alle unbedingt Stenografie lernen wollten.

Ach, ich war so glücklich und zufrieden. Alles war gut. Etwas hatte ich gelernt: »Schüler sind auch nur Menschen.«